AF192330

DUMPFLING IST IM TV!

Eine satirische Erzählung von Günter Leitenbauer

Foto Titelseite: © Günter Leitenbauer

Meinem geliebten Vater gewidmet!

9. Februar 1941 – 29. Februar 2016

Du fehlst uns.

„Es ist schlimm genug, dass heutzutage die Wahrheit ihre Sache durch Fiktion, Romane und Fabeln führen lassen muss."

Georg Christoph Lichtenberg

Vorwort des Autors

Ich verrate meinen Lesern, zumindest jenen, die auch das Vorwort lesen, jetzt ein Geheimnis: Ich schreibe diese Bücher, weil ich dem Traum anhänge, mir einmal von den Tantiemen eine nette, kleine Insel zu kaufen. Korfu vielleicht. Samt Sissys Schloss.

Bislang reicht es nicht einmal für eine Verkehrsinsel. Die Grundstückspreise sind einfach zu sehr gestiegen. Also strengt euch an und mundpropagiert dieses Werk (und die früheren), auf dass mein Traum sich erfüllen möge!

Dumpfling war ursprünglich als Trilogie ausgelegt. Dies ist nun der vierte Teil. Weil es dafür aber kein schönes Fremdwort gibt (oder ich dieses nicht kenne), bleibt es eine Trilogie, und ich erfinde in diesem Buch nichts wirklich Neues. **Obwohl wieder alles frei erfunden ist**, wie auch schon in den ersten drei Bänden. Ein paar Leute wollen das nicht glauben, und bilden sich ein, sie würden sich in den handelnden Personen eines der ersten drei Bücher erkennen. Naja, das muss eigentlich jeder selbst wissen. Ich bin ja kein Therapeut. Wie sagt man so schön in Oberösterreich? „Wie der Schelm denkt, so ist er!"

Sogar aus anderen Bundesländern, in denen ich ganz sicher nie gewohnt habe, hörte ich von Lesern: „Das könnte bei uns spielen!" Dumpfling ist eben überall.

Zwei kostenlose Ratschläge für alle Berufsbeleidigten habe ich dazu aber dann doch:

1. Nehmt euch nicht so wichtig!

2. Wenn ihr dazu neigt, euch in Romanfiguren zu erkennen, dann lest bloß nie ein Buch von Stephen King!

Was mich hingegen langsam etwas besorgt macht, ist, dass immer wieder manche erfundene Passagen meiner Bücher von den Tatsachen eingeholt und sogar überholt werden. Zerschnittene Christbäume, nicht besetzte Wahlmandate, vertauschte Babies, verseuchtes Grundwasser, und so weiter. Bitte liebe Leser, diese Bücher sind nicht als Anleitungen zum Nachmachen gedacht! Im Gegenteil! Schon gar nicht das vorliegende Werk! Echt nicht! Lasst das bloß bleiben!

Ich wurde letztens gefragt, wie man so ein Buch schreibt. Also jetzt nicht technisch gesehen (Computer und Textverarbeitungsprogramm), sondern die geistige, schöpferische Seite. Die Antwort ist einfach (und ehrlich):

Es will einfach heraus aus mir. Ich mache mir auch keinen großen „Plot" der Handlung, obwohl ich, um den Überblick über die einzelnen Handlungsstränge nicht zu verlieren, mir natürlich Notizen mache. Aber im Wesentlichen schreibt sich das Buch irgendwie eher selbst als ich es.

Das einzige, was es noch schreiben sollte, wären schwarze Zahlen. Derzeit sind sie noch eher grau(sig). Siehe oben!

Jemand anderer fragte mich, ob ich das Vorwort am Anfang oder am Ende schreibe. Was für eine Frage! Was wäre das für ein Vorwort, schriebe ich es am Ende? Das wäre dann ja eher ein Nachruf, und dafür bin ich noch zu jung. Hoffe ich. So, jetzt muss ich aber anfangen, sonst wird das nichts mit dem vierten Teil, bevor ich alt und grau bin. Okay, streichen wir das „grau" und ersetzen es durch „weise" (oder „weiß", das geht haarfarbentechnisch auch)!

Viel Spaß mit dem Buch!

Günter Leitenbauer, Jänner 2016

Vor dem Prolog

Wir schreiben das Jahr 976. Der Doge von Venedig, Pietro Candiano, unterhält einen Geheimdienst, der in dieser Zeit seinesgleichen sucht. Und so hat er auch von einer geplanten Revolte der mächtigen Familie Damiani erfahren und tritt ihr entschlossen entgegen, indem er seine Leibgarde den Dogenpalast schützen lässt. Die Damianis sehen keine andere Möglichkeit, als Feuer zu legen, um den Tyrannen auszuräuchern. Da aber zu dieser Zeit die meisten Bauten in Venedig aus Holz sind, führt das zu einer Feuersbrunst, die nicht nur halb Venedig sondern auch die Markuskirche zerstört. Den Damianis nutzt dies nichts, die Revolte schlägt fehl, und auch der Doge kommt in den Flammen ums Leben, was den Weg frei macht für den später heiliggesprochenen, großen Dogen Pietro Orseolo. Die Reliquien des heiligen Markus hält man für verbrannt, bis sie wie durch ein Wunder im elften Jahrhundert scheinbar wieder auftauchen, indem der heilige seinen knöchernen Arm einfach aus jener Säule streckt, in die seine Reliquien eingemauert waren. Zu dieser Zeit glaubt man halt, was man glauben will.

Allerdings gibt es da einen kleinen, fränkischen Pagen in der Gesandtschaft Kaiser Ottos, dem es zu verdanken ist, dass die echten Reliquien des Evangelisten Markus rechtzeitig in Sicherheit gebracht werden. Etwas, von dem die Welt nie erfuhr.

Und so kommen die Reliquien eines der wichtigsten Heiligen über viele gewundene Umwege schließlich ins nordöstliche Frankenreich, wo sie im dreizehnten Jahrhundert in einer Säule einer kleinen Landkirche im heutigen Oberösterreich versteckt und schließlich vergessen werden, während die ganze Welt glaubt, sie seien weiterhin im Markusdom in Venedig. Und da auch Heilige ihre Ruhe brauchen, sind sie dort immer noch.

Doch wehe dem, der die Ruhe eines Heiligen stört!

Prolog

In der Redaktion des österreichischen Rundfunks war an diesem grauen Enddezembertag eine „Strategiesitzung" anberaumt worden. Der Grund war die Veröffentlichung der aktuellen Seherzahlen. Noch nie seit der Gründung des staatlichen Fernsehens hatten prozentuell gesehen so wenige Menschen die Programme des ORF gesehen. Nicht einmal der Lugner und seine was-weiß-ich-wievielte Frau konnten daran etwas ändern, obwohl man sie endlich doch zum Kaiser vorgelassen hatte (bis sich herausstellte, dass der ein Double gewesen war, der Beckenbauer hatte ihn gespielt, weil er Geld brauchte, um seine FIFA Strafe bezahlen zu können).

Dieser Rückgang der Zuseherzahlen musste sich ändern! Der Generalintendant hatte noch einige Jahre bis zum wohlverdienten Ruhestand und wollte unbedingt vermeiden, vorzeitig diesen durchaus bequemen Polstersessel am Küniglberg räumen zu müssen, vom beachtlichen Salär und Annehmlichkeiten wie dem Dienstwagen mit den vier Ringen ganz abgesehen. So war sein Lieblingssatz auch „Huach zua!", oder auf lateinisch: „Audi!" Natürlich gab es auch Dienstwägen mit Freude am Fahren oder hübschen Sternen, aber das spielt für das Folgende keine Rolle.

Man benötigte also einen Straßenfeger, oder wie man jetzt sagte: einen Quotenhit, einen Blockbuster, stellte der Generalintendant klar. Oder zumindest eine Idee für einen solchen. Oder wenigstens den Schimmer vom Funken einer Ahnung von einem Einfall. Von einem Hit, wie es die Vorstadtweiber gewesen waren. Also etwas Skandalöses, aber nicht zu exzentrisch, um nicht gleich das Stammpublikum zu verschrecken oder die Eltern zu zwingen, ihre Kinder ins Bett zu schicken, weil sie nicht neben ihnen rot werden oder einen Ständer bekommen wollten, sofern die Physis das beim Altersschnitt des ORF Sehers noch zuließ.

Aber auch nicht etwas so Schräges wie das „Alte Geld", mit dem man die Zuseher emotional über- und intellektuell unterfordert hatte (manche meinten auch, herausgefordert hatte umzuschalten). Aber bitteschön auch nicht zu langweilig. Etwas mit Lokalkolorit, ein wenig Gesellschafts-kritik, einer Figur, die einem leid tat, einer Gegen-spielerfigur, die jeder Zuseher hasste und ein paar hübschen Frauen, damit die Männer nicht auf Eurosport wechseln wollten, womöglich gar zum Snooker, wo es mittlerweile schon durchaus ansehnliche Schieds-richterinnen gab.

„So eine Art Landkrimi, aber mit mehr Sex?", kam die Frage aus der Brainstormingrunde, und man wusste, ja, genau das brauchte man!

„War da nicht kürzlich einige Male so ein kleiner, oberösterreichischer Ort in den News?", fragte ein anderer. „Der dann fast auch unseren Bürgermeister mit einem Weihnachtsbaum ins Nirwana geschickt hätte?"

Begeistertes Schweigen, exaltiert-fasziniert hochgezogene Augenbrauen. Dann gemurmelte Zustimmung. Genau das war die Lösung des Problems. Nicht, den Bürgermeister ins Nirwana zu schicken, das überließ man besser den Heurigenwirten, sondern die angesprochenen Inhalte dieses kleinen, oberösterreichischen Ortes. Wie hieß dieser gleich nochmal? Weiß das wer? Irgendwie wie das englische Wort für Knödel, oder?

Ja genau! Man musste Dumpfling verfilmen.

Die Vorbereitungen liefen sofort an.

1

In Dumpfling war ... gar nichts los. Weder die Hölle, noch Mitzis Mundwerk, auch keine Zaunlatte oder – nein doch! Beim Stieber Franz war eine Zahnfüllung lose, wenn das gelten soll. Aber das ist hier nicht von Belang. Er hatte sich bei der Heimfahrt von Wien nach dem vermaledeiten Christbaumaufstellen am Rathausplatz an den wie immer steinharten Vanillekipferln der Reithuber Fanny von der Bäuerinnenbackgruppe seine Plombe fast ausgebissen und wie üblich den Zahnarztbesuch vor sich hergeschoben, weil er davor eine Heidenangst hatte. Nun, nicht eigentlich vom Besuch, aber vor der Behandlung. Irgendwie auch verständlich. Der Zahnarzt in Kulmbach pflegte die Momente zu nutzen, wenn der Delinquent, hahaha, nein es heißt natürlich „Patient", am Stuhl saß und aufgrund des weit geöffneten Mundes nicht reden konnte, um dem solcherart Hilflosen seine politischen Ansichten hineinzudrücken wie das Amalgam ins frisch ausgefräste Loch. Ohne Betäubung. Das Fräsen und das Hineindrücken von Amalgam und der zahnärztlichen Meinung, wobei die Betäubung für zweiteres mindestens so nötig gewesen wäre wie für die Plombe. Diese so unter die Leute gebrachten Ansichten waren nämlich recht einschlägig – nein, stellen wir die Wortreihenfolge um und sagen wir es offen: einschlägig rechts! Da half es auch nichts, dass der

Herr Doktor ein eingeschriebener Schwarzer war, sein Herz pumpte blaues Blut.

Seit dem Fiasko in Wien waren einige Wochen vergangen, das Weihnachtsfest war vorüber, natürlich ohne Schnee, wie fast jedes Jahr, dafür schneite es jetzt seit dem zweiten Weihnachtsfeiertag, also seit gut drei Tagen, praktisch durchgehend, als hätte die Goldmarie von Frau Holle Akkordlohn versprochen bekommen. Es begann mit leichtem Schneefall am Morgen, der sich zu dichtem Schneefall zu Mittag steigerte, um am Nachmittag eine kurze Atempause zu nehmen, damit er rechtzeitig zur Stoßzeit, bei der in Dumpfling schon auch mal zwei Autos pro Minute auf der Straße waren, so richtig loslegen und mit seinem Kumpel, dem Winterwind, für schlechte Sicht sorgen konnte. Manchmal schneite es auch nachts noch, sodass am Morgen die Straßen nur durch die Begrenzungs-stangen identifizierbar waren, weil der nächtliche Wintereinbruch die mit der Schneeräumung beauftragten Gemeindemitarbeiter völlig überrascht hatte. „Blitzschnee" nannte man das. In Dumpfling funktionierte die Schneeräumung statistisch gesehen eben am besten im August.

Der mittlerweile für den zurückgetretenen Tischlermeister Nagel vom Gemeinderat als Ersatz bestimmte Bürger-meister Pepi Schwarzinger von den regierenden Schwarzen – manchmal gilt sogar bei Politikern „Nomen es Omen!" –

hatte zudem kürzlich seine erste Amtshandlung überstanden. Gerade so eben halt! Nach dem vierten Bier begann er aber, sich langsam zu beruhigen. Auf solche Gespräche hatte er keinen Bock, dafür vor sich jetzt einen Weihnachtsbock.

Es war wirklich nicht angenehm gewesen, als er zum Rapport beim sehr verehrten Herrn Landeshauptmann hatte erscheinen müssen. Der hatte ihn nach allen Regeln der Kunst um zwei Köpfe kleiner gemacht und dann auf Augenhöhe auch gleich noch zur Sau. Dumpfling würde auf absehbare Zeit unter strenger Beobachtung stehen, keine Förderungen mehr bekommen und – wehe euch, wenn in den nächsten Jahren wieder ein auch noch so kleiner Skandal bei euch passieren sollte! Ich reiß' euch den Schädel aus und stecke ihn zur Abschreckung auf einen Heustiedl! Diese Sitte aus dem Mittelalter hätte man sowieso nie abschaffen sollen!

Natürlich Herr Landeshauptmann, das kann ich dir versprechen, dass wir das so machen werden. Ich meine, natürlich nicht so machen werden, also kein Skandal, nein, wir hatten wahrlich genug Skandale in den letzten Wochen. Du kannst dich auf uns verlassen, Herr Landeshauptmann, aber bitte verlasse uns nicht! (Ach, leck' mich am Arsch, in zwei Jahren gehst du eh in Pension!)

Dieser jedoch pfiff den armen, weil an den Vorkommnissen gänzlich schuldlosen Schwarzinger noch eine geschlagene halbe Stunde lang weiter zusammen. Auf „einen Schillingfuchzg", wie man früher in Dumpfling sagte, bevor auch dort der Euro Einzug gehalten hatte. In manchen Köpfen hatte er das zwar noch nicht, die rechneten zuerst die Euros wie ehemals die Deutschmark um und multiplizierten dann mit zwei, was einfacher war als mit vierzehn zu multiplizieren, aber das ist jetzt keine Dumpflinger Eigenheit, oder?

Und der „Pepi", wie jedermann in Dumpfling ihn – Bürgermeister hin oder her – nannte, dachte sich am Heimweg, dass das Bürgermeistergehalt, etwa 1500,- EUR, das sind etwa ... na egal, wie viele Schilling, wohl ein schwer verdientes sein würde. Am besten mit niemandem anstreifen, schon gar nicht mehr mit dem sehr verehrten Herrn Landeshauptann! Nein, ganz sicher nicht! Ruhig verhalten, Gras oder von mir aus auch Unkraut drüber wachsen lassen, wenn der Schnee weg war, und irgendwie über die Runden kommen.

Und sparen! Am besten bei der Schneeräumung. Wenn die Gemeindebürger nicht fortfahren konnten, dann reduzierte das die Pannenwahrscheinlichkeit vermutlich. Hoffte er. Prost!

*

Corinna Müller-Hannsen war eine waschechte Preussin. Das hörte man auch noch, nachdem sie jetzt doch schon neun Jahre in Wien lebte und arbeitete. Die Liebe hatte sie mit unwiderstehlicher Kraft in diese schöne Stadt gezogen. Man sagt zwar, dass die Pariser die besten Liebhaber sind, aber ein Wiener mit Pariser geht auch. Nach drei Jahren Ehe mit ihrem Karli zogen die beiden damals aus Berlin in dessen Heimatstadt. Kaum dort angekommen, hatte Amor aber ihren Mann, einen leitenden Angestellten einer großen Handelskette, bösartigerweise in die Arme seiner neuen Sekretärin gezogen, wobei diese als moderne Frau natürlich den Ausdruck „Assistenz der Geschäftsleitung" bevorzugte. Sie assistierte ihm in der Tat (und tatkräftig) anscheinend wirklich derart talentiert, dass er sich kurz darauf von seiner Corinna nach weniger als vier Jahren ewiger Liebe scheiden ließ. Amen.

Und da saß das durchaus attraktive aber gedemütigte „Piefkerl", wie sie im ORF alle so liebevoll nannten, nun mit einem gebrochenen Herzen (und einem gut gefüllten Bankkonto, was die Angelegenheit schon ein wenig leichter machte) und machte stattliche Karriere im staatlichen Rundfunk. Mittlerweile hatte sie sich bis zum Chefredakteursposten in der Unterhaltungssparte hochgearbeitet. Weil sie mit ihren 33 Lenzen in der Blüte ihrer Jahre stand und überhaupt ein sehr attraktives Weibsbild war, hatte ihr das nicht nur Respekt sondern auch die eine oder andere böse Nachrede eingetragen. Tag und Nacht arbeiten, nannten das die Wiener.

Sie sah das eher nüchtern (was wiederum in Wien selten war). Wenn sich selbst Katharina die Große als russische Zarin dazu hergegeben hatte, mit ihrem jeweils leitenden Minister die Amtsgeschäfte im warmen Bett abzuwickeln, einfach weil ihr die Geschäfte da mehr lagen und man öfter zu einer Übereinkunft und überhaupt kam, warum sollte sie dann nicht die naturgegebenen (und chirurgisch optimierten) Möglichkeiten nutzen, die ihr von Gott (und diversen Göttern in Weiß) zur Verfügung gestellt worden waren? Jedenfalls solange der zwangsläufige, altersbedingte Verfall und die Schwerkraft dies noch zuließen! Noch war sie keine dieser FKK Anhängerinnen, bei denen man auf den ersten Blick am Strand nicht sagen konnte, was da herunterhing - Brust oder Bauch. Abgesehen davon, dass sie FKK nicht mochte. Es nahm dem Ganzen einfach die Spannung, wenn man schon vorher wusste, was man (nicht) bekommen würde.

Und so stürmte sie eben die Erfolgsleiter im ORF hinauf wie Reinhold Messner die Achttausender, indem sie manchem Redakteur, Personalchef oder Intendanten erlaubte, ihr dabei unter die Arme zu greifen, was diese bei der schönen Müllerin auch stets gerne taten, bis sie ein Sauerstoffgerät brauchten, so ganz unmessnerisch. Nächtens oder am

Tage, da vor allem bei abgesperrter Chefbürotür. Und wie erwähnt ohne Sauerstoffflasche. Dafür manchmal mit Champagnerflasche. Und fast immer mit einer männlichen Flasche.

Corinna hatte beschlossen, die Sache mit diesem – wie hieß das Nest gleich? Ach ja – Dumpfling selbst in die Hand zu nehmen. Bei diesen Landeiern brauchte es eine harte, preussische Hand, sonst machten die nur Schwierigkeiten. Und dass Dumpflinger Schwierigkeiten machen können, das hatten sie ja nun wirklich eindrucksvoll unter Beweis gestellt, wie sie bei einer ersten Recherche fast bewundernd feststellte!

Als Chefredakteuse (lasst sie das bloß nicht hören! Wobei, da gab es noch eine schlimmere Variante der „öse") hatte ihr Chauffeur Egon Podgorski, den aber alle nur den „Pannen-Egon" nannten, weil er anscheinend das Pech anzog wie das Licht die Motten, dafür zu sorgen, dass sie immer rechtzeitig zur Stelle war. Mit ihrem Dienstwagen. Glücklicherweise wissen die wenigsten in Österreich, dass fast alle im staatlichen Rundfunk ab dem mittleren Management nachwievor mit Dienstwagen reisen, was man den meisten Politikern mittlerer Chargenränge schon lange gestrichen hatte. Vor allem nachdem der Verteidigungsminister sich den Dienstwagen durch halb Europa hatte kommen lassen, um einen Urlaubsabstecher nach Frankreich zu machen. Das war nicht sehr klug gewesen vom Herrn Klug. Und so gänzlich unsozial-demokratisch. Ein paar Vorteile hatte gebührenfinanziertes Fernsehen halt schon noch! Deshalb hörte man im staatlichen Rundfunk auch nie die Geschichte des oberösterreichischen Arbeitsinspektors, dem man den Führerschein genommen und der daraufhin, damit er sein Amt weiter ausüben konnte, einen Chauffeur bekommen hatte. Das Thema war zu heikel.

Also traf Corinna „Piefkerl" Müller-Hannsen am Tag vor Silvester nach gut zwei Stunden entspannter, schweig-samer Fahrt am späten Vormittag in Dumpfling ein, wobei sie sich natürlich beim Bürgermeister am Tag zuvor hatte avisieren lassen.

Weshalb in Dumpfling bald wieder auf eine himmlische Art und Weise die Hölle los sein sollte.

*

Der Bürgermeister war ein wenig ratlos. Einerseits war eine Fernsehserie über Dumpfling mit Sicherheit etwas Positives, eine Sache, die dem Ort Profit bringen konnte und natürlich Publicity. Andererseits war gerade Aufmerk-samkeit im Moment das, was er eigentlich hatte vermeiden wollen. Weil er also keinen Rat wusste, berief er schon am Tag vor der Ankunft der „Fernsehtante" eine außer-ordentliche Versammlung ein, die aber in keinem Sitzungs-protokoll aufscheinen würde, was an sich nicht der

21

Geschäftsordnung entsprach. Darum „außerordentlich", was als erstes die Frage aufwarf, ob man dafür trotzdem Sitzungsgeld verrechnet bekam? Meine Güte, also bitte! Geheim heißt ja nicht gratis!

Man traf sich also in illustrer Runde beim Dorfwirt. Das ist das Gasthaus mit nunmehr einem Kastanienbaum weniger, nachdem vor einigen Wochen ja der damalige Vizebürgermeister seine Attacke mit dem Traktor geritten hatte wie Lanzelot auf Camelot. Aber nachdem man sich jahreszeitenbedingt nicht in den Gastgarten setzte, spielte der fehlende Schatten keine Rolle.

Aufgrund der Schneesituation kamen natürlich einige zu spät, was sie in Bedrängnis brachte, die zwei Bier schnell aufzuholen, welche sie damit im Rückstand waren. Was wiederum die anderen, weil man niemanden alleine trinken lässt, in Bedrängnis brachte, dies nicht zuzulassen. Schlussendlich wusste aber keiner mehr, wer wie viele Runden im Rückstand war, und man konnte mit der außerordentlichen Sitzung beginnen. Jedenfalls nachdem ein hier nicht namentlich genannter Gemeinderat seine Sitzung endlich beendet hatte. Die Grammelknödel seiner Frau hatten anscheinend vorzeitig wieder in den biologischen Kreislauf zurückgewollt. Aber ab da lief es dann recht flüssig.

Die Meinungen, die bei dieser Versammlung geäußert wurden, deckten das gesamte Spektrum von Entsetzen bis Begeisterung ab, wodurch es nicht verwundern konnte, dass man zu keiner einheitlichen Schlussfolgerung kam, wie mit der Situation zu verfahren wäre, was erst recht eine verfahrene Situation zur Folge hatte. Am Ende war man schon froh, sich nicht gegenseitig die Hitzköpfe einge-schlagen zu haben. Nein, vielmehr war man stolz darauf, einen gröberen Streit in einer längeren Doppelliterrunde ertränkt zu haben. Diskussionskultur hatte man hier schon, da konnten sich die Sesselpicker im Parlament was abschauen, jawohl!

Der Pepi sprach dann ein Machtwort. „Prost! Wir werden das situationselastisch handhaben!", womit der offizielle Teil der Sitzung abgeschlossen und das Wort des Jahres gesprochen war. "Prost", nicht "situationselastisch".

Weil am Nebentisch aber die Mitzi saß, ihr wisst schon, die kostenlose aber immer brandaktuelle Dorfzeitung, also praktisch der ländliche Newsfeed, wusste am nächsten Tag bei der Ankunft von Corinna Müller-Hannsen bereits der ganze Ort, dass man jetzt ins Fernsehen kommen würde. Manche wussten sogar, welche Dumpflinger welche Filmrolle bekommen sollten und angeblich würde für die Steinbrecher-Einbrecher-Szene sogar ein richtiger Stunt-man aus Amerika eingeflogen. Weil die Mitzi so viel zu erzählen hatte, brannte ihr sogar das Mittagessen an, was ihr das ganze Leben lang noch nicht passiert war, nein also wirklich nicht! Hoffentlich kommt das jetzt nicht in den Film!

Als Folge zog sich nun ein Riss durch Dumpfling wie der Sankt-Andreas-Graben durch Kalifornien, der nicht einmal vor den Familien haltmachte. Bei den Lederbergers gab es einen handfesten Streit, als der halbwüchsige Bengel dem Vater erklärte, so ein Film könne das Ansehen des Ortes höchstens verbessern, weil noch blöder, als die letzten Wochen hier einige agiert hatten, könne man es unmöglich darstellen. Die Mutter half ihrem Buben. Der Vater war daraufhin so zornig, dass er auf der Stelle, obwohl es erst fünf Uhr nachmittags war, ins Wirtshaus ging, um sich den Ärger von der Seele zu lallen.

Bei den Brantlbergers erinnerte der Vater an die „eh seit langem bekannte Blödheit der Lokalpolitiker". Er war Unternehmer und hatte seine Firma vor kurzem ausgesiedelt, als der damalige Bürgermeister bei einer Festrede ordentlich danebengegriffen hatte. Sogar zweimal. Das erste Mal, als er den Oberschenkel einer Marketenderin mit dem seiner Frau verwechselte, was keine großen Folgen hatte, weil das öfter vorkam. Das zweite Mal, als er in seiner Rede witzig sein wollte, was konservative Politiker besser lassen, und meinte: „In Dumpfling haben wir eine hohe Wohnqualität. Bei uns stören keine Unternehmen. Wir haben ja auch nur zwei – die Feuerwehr und die Musikkapelle."

Das führte natürlich zum Protest der ortsansässigen Unternehmen. Zumal die Rede im oberösterreichischen Rundfunk live übertragen wurde. Nicht, weil Dumpfling so wichtig wäre, sondern weil da jede Gemeinde einmal dran kommt.

Der Brantlberger meinte also, das wäre doch eine nette Szene für den Film? Zu zeigen, wie patschert Politiker am Land sein können. Worauf der Sohn meinte, das würde jeder Regisseur herausschneiden, weil es einfach zu normal wäre, nicht wahr?

Anja Dörflinger und ihr Abdul waren sich hingegen einig, dass es ihnen lieber gewesen wäre, wenn über die ganze Sache endlich Gras wachsen würde. Abdul hatte sich als neuer Gemeindearzt gut integriert und wollte mit der Geschichte von vor zwei Monaten abschließen. Um dem ganzen Trubel zu entgehen, und weil er über die Feiertage die Praxis sowieso geschlossen hatte, fuhren die beiden samt mittlerweile eingetroffener Familie des Asylanten-doktors, wie ihn im Dorf die meisten nannten, daher für ein paar Tage weg.

Beim Grubmayr Franz und seiner Mathilde war das gar kein Thema. Die waren aber auch schon älter. Uralt, fand der fünfjährige Nachbarbub, dem der Franz im Sommer mal gezeigt hatte, was eine Biene anrichten kann, wenn sie einen beim Pinkeln in das beste Stück sticht, was wiederum dem Vater des Knaben dazu veranlasst hatte, diesem den Umgang mit „dem alten Lustmolch" zu untersagen. Dabei hatte der sich wirklich nichts dabei gedacht. Aber man zeigt halt heutzutage kleinen Kindern nicht geschwollene beste Stücke, egal aufgrund welcher Ursache diese auch angeschwollen sein mochten. Der Mathilde gefiel es. Diesen Zustand hatte das Gemächt des alten Franz schon Jahre nicht mehr gehabt, weshalb sie eine Nutzung des außerordentlichen Glücksfalles und ja, sogar die Anschaffung eines eigenen Bienenstocks angeregt hatte, was ihr Franz aber entschieden ablehnte.

Der Saubauer, der immer noch in Wels im Vollzug saß, bekam davon gar nichts mit. Er hätte sich auch maximal darum gesorgt, dass nicht bekannt wurde, dass er trotz des 2006 in Kraft getretenen Verbotes bis vor ein Jahr immer noch fleißig das Reserveantibiotikum Vancomycin illegal importiert und seinen Schweinderln gespritzt hatte, auf dass sie schneller wachsen mögen und auf engstem Raum nicht so viele Infektionen bekämen. Das ganze Theater, dass dieses Antibiotikum eine der letzten wirksamen Waffen gegen multiresistente Krankenhauskeime wie MRSA sei und man es deshalb nicht – wie 80% der verkauften Antibiotika – in der Landwirtschaft einsetzen dürfe, kümmerte ihn da wenig. Alles Panikmache, da war er sich sicher.

Und die Hofmüller Gerti rückte wieder einmal in ihren Vorgarten aus. Nicht um ihre Gartenzwerge wegzuräumen, wie sie es getan hatte, als der Asylant angekündigt worden war, sondern um sie auf Hochglanz zu polieren. Der erste Eindruck ist eben immer der wichtigste! Frau Holle und ihrer Goldmarie war das egal. Sie setzte den frisch polierten Zwergen auch die kommende Nacht wieder eine weiße Zipfelmütze auf.

*

Jetzt hätten wir fast den Sunny vergessen, wo der doch eine tragende Rolle in unserer Geschichte spielen wird. Wieder einmal! Aber noch war es nicht so weit. Der Sunny saß nämlich zu Mittag des Vorsilvestertages mit seinem Exkollegen Ernstl beim Ganshofener Wirt und genoss sein Gulasch mit einem Bier. Wie auch der Ernstl. Die sechs Strafzettel, die ihm Emilie diese Woche wegen Falschparkens verpasst hatte, hatte er dem Ernstl vorher wortlos gegeben, dieser hatte sie wortlos eingesteckt und sie würden spur- und wirkungslos verschwinden wie immer.

Sunny erzählte ihm, wie immer mit vollem Mund, so konnte keiner ihm vorwerfen, den Mund zu voll zu nehmen, weil er es eben eh immer war, gerade zum wiederholten Male die Vorkommnisse in Wien, weil das den Ernstl so amüsierte. Vor allem wenn Sunny die Messerattacke, die sein in die Brusttasche gesteckter

Kindle abgewehrt hatte, im Brustton der Überzeugung mit „Siehe! Das Wort ist mächtiger als das Schwert!" beschrieb, einem Satz, den er damals natürlich nicht gesagt hatte, weil ihm das erst viel später eingefallen war, lachte Ernstl, bis diesem die Tränen ins Gulasch tropften, das auch so schon etwas versalzen war.

„Übrigens Sunny, heute kam in Dumpfling eine Piefketussi vom ORF an. Fescher Hase – heißt es. Die will abchecken, inwieweit man die letzten Geschichten in einen Film verpacken kann – heißt es."

Sunny dachte einen Augenblick nach. Das würde seiner Detektei werbetechnisch sicher nicht schaden, befand er, nickte und aß sein Gulasch weiter, um den Ernstl nicht zu unterbrechen.

„Ich werde mir die morgen mal ansehen. Vielleicht braucht sie ja Hilfe?", grinste Ernstl schelmisch.

„Na, dann pass auf, dass ihr Freund nicht Baseball spielt!", konnte Sunny sich einen Seitenhieb nicht verkneifen, und beide lachten. Wer mitlachen will, muss die erste Geschichte aus Dumpfling lesen oder so tun, als hätte er sie gelesen (das "er" muss man jetzt nicht gendern, weil dahinter eh ein "sie" steht).

Als Sunny schlussendlich das Gasthaus verließ, fand er wieder einen Strafzettel am Auto. Irgendwann würde er mit dieser Emilie einmal Klartext reden müssen.

2

Der Dumpflinger Gemeinderat hatte eine Fluktuation wie der Trainerposten eines Fußballvereins von Frank Stronach, was den Geschehnissen der letzten Monate geschuldet war und deshalb kaum verwundern konnte. Als Konsequenz war den Parteien langsam aber sicher die Personaldecke dünn geworden, und so hatten die Schwarzen, die es besonders gebeutelt hatte, einen blutjungen Burschen nachrücken lassen, nämlich den Peter Schäubler, den aber alle nur in gutem, traditionellem Denglisch „Pete" nannten. Er war gerade achtzehn geworden und – nun sagen wir, bei der Verteilung der mentalen Attribute hatte der liebe Gott ihn irgendwie übersehen. Oder er hatte eben andere Pläne mit ihm. Oder er hatte als Kind mal Schnaps erwischt. Was weiß man schon? Seine Mutter war ja öfter mal abgestürzt. So hatte sie einmal nach dem Skifahren beziehungsweise dem Einkehrschwung einen so veritablen Damenspitz, dass sie zwar nicht mehr wusste, wie sie die Abfahrt hinunter gekommen war, aber sehr wohl wusste sie noch, dass sie danach samt angeschnallter Schi ins Gasthaus marschiert war, weil sie das Gefühl hatte, so könne man nicht so leicht umkippen, eine Annahme, die sie in der Folge eindrucksvoll widerlegt hatte, weil die Mauer an der linken Seite zu weit vom Tresen an ihrer rechten entfernt war, um sich mit beiden Händen abzustützen. Ein anderes Mal war sie nach dem Feuerwehrball mit ihrem nagelneuen Dirndlkleid zu Hause irrtümlicherweise in der Hundehütte schlafen gegangen. Als der Hund in seine Hütte kam und das laute Schnarchen vernahm, bekam er so einen Schrecken, dass er sich nie wieder ganz davon erholte und fürderhin verhaltensauffällig blieb (er biss ab da jede Frau mit einem Dirndlkleid in den Hintern, wenn er die Möglichkeit dazu bekam).

Andere Pläne mit Pete hatte auch der Bürgermeister. Der trug dem Burschen am Morgen des Tages der geplanten Ankunft der Fernsehtante nämlich auf, sich um eben diese Fernsehtante, mittlerweile nannten alle im Ort sie so (oder eben „Piefketussi"), zu kümmern. Sie ein wenig im Auge zu behalten, verstehst?

Pete nickte heftig. Und verstand nichts. Irgendwie musste das dem Pepi aber klar gewesen sein, denn er wurde deutlicher:

„Na schauen sollst, damit sie nichts anstellt. Du bist quasi unser Spion, wie der James Bond, verstehst? Ich will alles wissen, was die irgendwen fragt und was man ihr darauf antwortet! Aber lass sie das nicht merken, gell? Sagst halt, der Bürgermeister hat dich als ihren Verbindungsmann zur Gemeinde an sie abgestellt."

Na und ob er das verstand. Mit stolz geschwellter Brust dankte er dem Bürgermeister für diesen wichtigen Auftrag und machte sich davon, um die feindliche Spionin zu suchen.

Zuvor holte er noch von zuhause sein digitales Aufnahmegerät. Er würde jedes Wort, das sie sprach, aufnehmen. Das hatte er mal in einem Agentenfilm gesehen. Man brauchte es nur in die Tasche zu stecken und einzuschalten. Aufnahmedauer viele, viele Stunden. Wenn es aufgeladen war. Was er meistens vergaß.

*

Corinna war bei ihrer Ankunft zuerst ins Gasthaus gegangen, um sich dort ein Zimmer zu nehmen. Nein, eigentlich zwei, weil Egon, ihr Chauffeur, ja auch eines brauchte. Sie war einigermaßen überrascht, als sie der Wirt ansah wie eine Außerirdische und ihr dann mitteilte, Gästezimmer gäbe es im ganzen Ort keine, da müsse sie sich schon in Kulmbach oder Ganshofen umsehen.

Das war der Moment, als der Ernstl auf einen kurzen Besuch in die Gaststube kam, sich vorstellte, und ihr anbot, sie bei der Zimmersuche in Ganshofen gerne zu unterstützen. Die Polizei, dein Freund und Helfer! Eben nicht nur ein Klischee, zumindest nicht bei uns, zwinker, zwinker. Eine süße Maus war das schon, diese Fernsehtante!

31

Er war nach seinem Essen mit Sunny gleich nach Dumpfling gefahren. Die Neugier war einfach zu groß gewesen. Und ja, das war nicht umsonst gewesen. Alle Achtung, eine glatte Neun auf der Zehnerskala! Zehn bekamen bei ihm sowieso nur die junge Catherine Deneuve und die junge Meg Ryan. Aber die kannten den Ernstl nicht.

Corinna war viel zu abgeklärt, um nicht sofort zu erkennen, dass sie diesen Landbullen schon jetzt in der Tasche hatte. Als sie sich vorstellte, hielt sie seine Hand eine Sekunde länger als nötig, wobei sie mit ihrem Daumen dezent über seinen Handrücken strich und schenkte ihm ein Lächeln, bevor sie sein Angebot dankend und gerne annahm, aber zuvor müsste sie sich noch kurz beim Bürgermeister vorstellen, ob er so viel Zeit hätte? Nochmal das Lächeln.

Natürlich hatte er alle Zeit der Welt!

Der war irgendwie süß aber so gar keine Herausforderung, dachte sie fast ein wenig enttäuscht ob des geringen sportlichen Werts, aber es würde auch kein großes Opfer sein, wenn sie ihm das eine oder andere bei einem netten Glas Wein herauskitzeln müsste. Na, vielleicht könnte man das Ganze mit etwas Verbotenem würzen? Mit einem Bullen das Gesetz zu brechen, das hatte einen gewissen Reiz und würde die Geschichte vielleicht doch ein wenig spannender machen. Und eventuell könnte man es sogar als Stoff für die Verfilmung nutzen.

Ernstl zeigte ihr dann gerne den Weg zum Büro des Bürgermeisters im Gemeindeamt.

*

Pete entging nichts. Auch nicht, dass seine Zielperson sich auf den Weg ins Gemeindeamt machte. Er nahm seinen Auftrag wirklich sehr ernst und folgte ihr unauffällig, wobei er sich geschickt hinter Bäumen, geparkten Autos (so viele gab es davon in Dumpfling nicht) und Hausecken verbarg. Man ließ in Dumpfling sein Auto nicht mehr so gerne stehen, seit Pete an einem Sonntag, als alle in der Kirche waren, mit geparkten Autos, in denen teilweise die Schlüssel steckten, ein paar Runden um den Gemeindebrunnen gedreht hatte. Damals war er dreizehn gewesen, und hatte glücklicherweise keines der Autos beschädigt.

Er war schon als jüngeres Kind sehr einfallsreich gewesen. Seine Mutter konnte ein Lied davon singen. Wenn er in die Windel gemacht hatte, und das tat er bis er fast vier Jahre alt war, pflegte er zu sagen: „Mama, hab' Kackastrophe gemacht!" Das Wort hatte er wohl irgendwann von seiner Mutter gehört und stilsicher bedeutungsangepasst.

Als er etwa zehn war, hatte er sie gebeten, ihm zu erlauben, seine eigenen Weihnachtskekse zu backen. In der Kinderbeilage der Tageszeitung war ein tolles Rezept abgedruckt gewesen, und seine Mutter bereitete ihm den Teig und das Backblech vor. Aniskeks! Die patzt man nur mit dem Löffel auf das Blech und bäckt sie. Watscheneinfach! Die Bedeutung dieses Wortes sollte ihm bald aufgehen.

Als sie dann kurz einkaufen ging, setzte er seine Idee um. Er hatte vom Onkel vor einiger Zeit Knallerbsen bekommen und die meisten davon aufgehoben. Das wäre bestimmt lustig, die im Teig zu verstecken. Wenn dann jemand auf so ein Keks biss – bumm! Das würde bestimmt ein Gelächter geben!

Also nutzte er die Zeit und mischte sie in den Teig, löffelte viele lustige, kleine Tropfen auf das Blech und schob es in das vorgeheizte Rohr, wie Mama es immer machte. Sogar ohne sich zu verbrennen, wie es Mama nicht immer machte.

Er klappte die Ofentür zu, während seine Mutter gerade die Haustür öffnete.

„Ui, du bist schon fertig und hast sie ins Rohr? Brav! Gut gemacht, Peter!"

Seine Mutter nannte ihn als einziger Mensch „Peter".

Er grinste aus Vorfreude über die Bumms-Keks über das ganze Gesicht. Und seine Mutter freute sich mit ihm, bis ...

Knallerbsen sind ungeduldig. Die warten nicht, bis jemand draufbeißt. Vor allem nicht bei einer Backtemperatur von

200 Grad! Vielmehr beschlossen einige von ihnen, lieber gleich zu explodieren, was eine veritable Kettenreaktion im Elektroherd auslöste. Quasi eine Gebäckbombe. Dass seine Mutter daraufhin falsch reagierte, und den Herd öffnete, war nicht seine Schuld.

Jedenfalls war der Weihnachtsputz jenes Jahr etwas mehr Aufwand gewesen. Auch in Mamas Gesicht und ihren Haaren. Und wie erwähnt war ihm jetzt auch klar, was das „watscheneinfach" zu bedeuten hatte. Und er hatte die ganzen Weihnachtsfeiertage kaum Kekse bekommen.

Aber das war lange her. Jetzt hatte er einen Auftrag. Und den gedachte er zu erfüllen. In diesem Moment klingelte sein Handy. Mit der Signation von 007 als Klingelton.

Der Bürgermeister hatte die Frau Redakteurin freundlich, fast schon überschwänglich freundlich begrüßt. Auch wenn ihr genauso bewusst war wie ihm, dass diese Freundlichkeit mit einer gehörigen Portion Misstrauen gepaart war, aber zumindest war die Form gewahrt worden. Die Form ist das Credo des Politikers. Du kannst lügen, betrügen, meucheln und intrigieren – aber wahre die Form dabei! Wie ein gut gebackener Keks. Einer ohne Knallerbsen.

Er teilte ihr mit, dass die Gemeinde ihr natürlich in jeder gewünschten Form (schon wieder dieses Wort) behilflich sein würde, also im Rahmen der geltenden Vorschriften und Gesetze natürlich, und dass er ihr einen Verbindungsmann organisiert hätte, einen jungen Gemeinderat, den er jetzt schnell anrufen und herbestellen würde. Es dauere nicht lange! Ob sie in der Zwischenzeit einen Kaffee möchte?

Gerne. Ja, ein Kaffee wäre nett, danke.

Der Pepi musste lachen und an seine Zeit bei einem großen, deutschen Elektronikunternehmen denken. Er war damals eine Woche auf Schulung in München gewesen, und die Firma hatte sich das einiges kosten lassen. Tolles Viersternhotel! Beim Frühstück kam ungefragt eine Kellnerin und schenkte ihm eine undefinierbare, ziemlich durchsichtige Brühe ein, die entfernt an den Geschmack von Kaffeebohnen erinnerte. Als er die Tasse widerwillig geleert hatte – man lässt weder etwas auf dem Teller noch in einer Tasse, so war er erzogen worden – kam die hübsche, junge Dame behenden Schrittes zum Tisch und fragte: „Darf es noch etwas Kaffee sein?" Mit der Betonung auf der ersten Silbe.

„Nein, danke!", entgegnete er damals freundlich. „Aber eine Tasse Kaffee wäre nett!" Mit der Betonung auf der richtigen Silbe.

Die Kellnerin lachte und ging. Zwei Minuten später stand ein doppelter Espresso vor ihm. „Österreicher, stimmt's?" Es war wirklich ein gutes Hotel gewesen.

Und so orderte der Pepi für die Piefketussi, wie er sie in Gedanken nannte, bei seiner Sekretärin – Verzeihung: Assistentin des Bürgermeisters! – einen doppelten Espresso und hoffte schadenfroh, dass sie wohl heute Nacht nicht so schnell einschlafen würde. Seine Sekre... Assistentin machte nämlich so ziemlich den stärksten Espresso, den man sich vorstellen konnte. Damit konnte der Pepi nicht einmal neben seiner Frau einschlafen. Und einschlafen war dabei noch das Beste, was man da tun konnte. Möglichst, bevor sie eingeschlafen war, was man an einem ohrenbetäubenden Schnarchen zweifelsfrei erkannte.

Dann rief er Pete an und befahl ihn ins Bürgermeisterbüro.

Corinna genoss ihren Kaffee. Sie war nun lange genug in Wien, um einen guten Espresso zu schätzen. Dass die Dumpflinger so etwas zustande brachten, war ihre erste Überraschung hier.

Und nicht die letzte.

*

Der arme Pannen-Egon schleppte ein Geheimnis mit sich herum wie einen schweren Rucksack. Er war unsterblich in Corinna verliebt. Sie wusste natürlich davon, aber nachdem er sie als Mann nicht ansprach und ein Verhältnis mit ihm für sie keinerlei Nutzen gebracht hätte, ignorierte sie das einfach, was beim Egon die Auffassung nährte, dass sie davon nicht einmal etwas mitbekommen hatte.

Und so chauffierte und hofierte, das erste offiziell, das zweite unheimlich, er sie nun schon seit über einem Jahr. Es tat ihm jedes Mal weh, wenn er beobachten musste, wie sie mit diesen sabbernden Schakalen flirtete, die ihrer gar nicht wert waren. Und dieser Schmerz staute sich immer mehr in ihm auf.

Egon war aber in seiner eigenen Wahrnehmung viel zu sehr Gentleman, um sich das anmerken zu lassen. Und zwar ein wirklicher Gentleman. Nicht einer von der Definition, die besagt, dass ein Gentleman ein Mann ist, der eine Frau beschützt, bis er endlich mit ihr alleine ist. Nein, er würde sie immer beschützen. Sie war seine Minne, sein edles Burgfräulein. Wehe dem, der an ihr einen Makel fand. Sein Schwert war ihm gewiss.

*

Der Bürgermeister hatte Corinna diesen Buben vorgestellt, den alle nur Pete nannten. Sie hatte wirklich keine Ahnung, wie ihr dieser Bengel, der offensichtlich noch grün hinter den Ohren und so helle war wie eine Neumondnacht in der Wüste, behilflich sein sollte. Aber bitte! Sie sagte nichts dazu.

Das war bei diesem Polizisten etwas anderes. Erstens war der Kerl zwar keine Herausforderung aber doch irgendwie heiß, und zweitens konnte ein Bulle immer nützlich sein. Sie gedachte, das ein wenig auszunutzen.

Als sie das Bürgermeisterbüro verließen, nachdem sie Pete mitgeteilt hatte, dass sie ihn natürlich anrufen würde, wenn sie seine sicher wertvollen Dienste benötigte, ließ sie den ersten Testballon für Ernstl steigen. Er hielt ihr die Tür auf, und sie ging etwas näher an ihm vorbei, als es nötig gewesen wäre, legte ihm beiläufig die Hand auf die Schulter, hauchte ein „Danke" und wusste, dass er aus dieser Nähe ihr Parfum, „Beautiful" von Estee Lauder, blumig, orientalisch, leicht süßlich aber nicht nuttig, ziemlich intensiv wahrnehmen musste.

Wäre doch gelacht!

Dann ließ sie ihn vorfahren und folgte ihm mit Egon. Ganz ohne Panne! Ernstl wollte ihr das Hotel zeigen, eigentlich war es nur eine Pension, aber recht komfortabel, wie er betont hatte.

*

Emilie, die Kollegin vom Ernstl bei der Polizei, hatte sich mittlerweile in Ganshofen recht gut eingelebt. Sie war, wie sich das für ein beflissenes Verwaltungsorgan gehört, allseits etwa so beliebt wie eine hartnäckige Sommergrippe, was sie aber nicht störte, auch nicht im Winter und im Gegenteil. Ein allzu freundschaftliches Verhältnis erschwert einem Polizeiorgan ja doch nur die fallweise nötigen Amtshandlungen, fand sie.

Am Anfang hatte sie ihren Kollegen nicht sonderlich ausstehen können. Aber irgendwann vor einigen Wochen hatte es bei ihr „klick" gemacht, und sie hatte sich in den Ernstl verliebt, was diese Pfeife aber nicht einmal bemerkt hatte. Männer! Eh hinter jedem Rock her, aber das Naheliegende sehen sie nie! Naheliegend, das war genau das, was sie von ihm wollte. Sehr nahe. Hautnahe! Und vor allem: liegend! Emilie Lindmannsberger. Klang gar nicht so übel. Sie würde bei der Heirat gerne seinen Namen annehmen!

Sie hatte es letzte Woche so arrangiert, dass die Garderobentür einen Spalt offen gestanden war, als sie sich umzog. Das konnte er nicht übersehen haben. Normalerweise trug sie keine Spitzenunterwäsche unter der

Polizeiuniform, diese Strings zwickten und zwackten fürchterlich, aber diesmal – egal, er war vorbeigegangen und hatte nicht reagiert, obwohl er sie gesehen haben musste!

Hatte er auch. Und in seiner Körpermitte hatte allerhand reagiert, sie war ja durchaus nicht hässlich und er eben auch nur ein Mann. Aber Ernstl ... er hatte Angst, ja Angst vor Emilie. Nicht vor der Kollegin. Aber vor der Frau. Starke Frauen machen vielen Männern Angst. Also war der Ernstl ins Bad und hatte sich kaltes Wasser ins Gesicht gespritzt (Im Unterschied zu Dumpfling konnte man sich in Ganshofen das Leitungswasser ja auch ganz unbedenklich ins Gesicht spritzen, ohne davon eine schwere Verätzung davonzutragen oder einen Ausschlag oder gar eine Infektion). Wovon wiederum Emilie in ihrer Enttäuschung nichts mitbekommen hatte. Und noch dazu zwickte der String den ganzen Tag.

Beziehungen können eben auch schon kompliziert sein, wenn sie noch gar keine solchen sind!

Emilie suchte bewusst möglichst viele Interaktionen mit Ernstl. So, dass es halt nicht auffiel. Wie beispielsweise die Strafzettel dieses Sunny. Die führten zwischen ihnen beiden immer wieder zu Diskussionen, und sie genoss es irgendwie, mit dem Ernstl zu diskutieren. Das war naheliegend, wenngleich nicht in dem Sinne, der ihr, wie bereits erwähnt, vorschwebte.

Aber jetzt hatte sie Hunger. Es war schon fast Mittag. Sie ging in die Bäckerei, um sich ihr obligatorisches Kipferl zu holen, dass sie seit diesem Zwischenfall mit Sunny nie wieder hatte liegen lassen. Als sie die Bäckerei verließ, sah sie gerade Ernstl mit einer hochgewachsenen, schlanken und äußerst attraktiven Blondine in der Pension „Zum goldenen Bock" verschwinden. Den ihnen folgenden Chauffeur sah sie nicht einmal mehr. Wie auch, wenn man rot sieht?

„Goldener Bock"? Pah! „Geiler Bock" träfe es besser! Emilie raste vor Eifersucht. Wenn es für Eifersuchtsrasen Strafzettel gäbe, wäre sie in den Privatkonkurs geschlittert. So aber schlitterten Ernstl und Corinna ins Chaos, wie sich noch zeigen wird, und Emilie würde daran nicht unbeteiligt sein.

3

Einen Pfarrer hatte Dumpfling ja schon lange nicht mehr. Der Ort war einfach zu klein. Vielmehr gab es einen Pfarrer für drei Gemeinden, der die sonntäglichen Gottesdienste quasi im Akkord absolvierte. Fließbandseelsorge gleichsam. Ohne Überstundenzuschlag. Auch die Kirche muss mit der Zeit gehen, sagte dazu der neue Papst. Natürlich war auch die tägliche Messe der angespannten Personalsituation für

Priester schon lange zum Opfer gefallen. An jedem Dienstagabend gab es um 19:00 einen Wortgottesdienst für die ganz Braven, aber sonst nur noch das sonntägliche Hochamt. Die Gemeindebürger trugen es daher mit wahrer, christlicher Gefasstheit, dass aufgrund der terminlich eingeengten Situation des Pfarrers die Messe am Tag des Herrn kaum noch eine Dreiviertelstunde lang dauerte.

Das war zu seiner Zeit noch anders gewesen, wusste Lois, als er das neue Kreuz aufstellte, das ein namhafter Künstler und ehemaliger Gemeindebürger gestiftet hatte. Es war ein Stahlkreuz, schlicht und rostig, modern eben. Wie man darin einen Nagel einschlagen sollte, wusste keiner, fragte keiner und wollte genaugenommen auch keiner wissen. Das war eh eine Kirche und kein Nagelstudio, hahaha.

Man hatte beschlossen, das Kreuz rechts neben dem Altar aufzustellen. Nicht ohne vorher darüber lebhaft zu diskutieren. Die meisten fanden, es passte in diese spätgotische Kirche wie ein Leberkäsesemmerl in ein Spezialitätenrestaurant, wie sich ein Pfarrkirchenratsmitglied ausgedrückt hatte, der zeitlebens noch nie in einem solchen Restaurant gewesen war, was aber nur zur Folge hatte, dass man eine halbe Stunde diskutierte, ob ein Leberkäsesemmerl nicht eh eine Spezialität sei. Eine österreichische halt. Ein Maurerschnitzel, wie man auch dazu sagte.

Da man den österreichweit anerkannten Künstler nun aber keinesfalls vor den Kopf stoßen durfte, schon gar nicht nach den letzten unrühmlichen Schlagzeilen, war man übereingekommen, es eben eher unauffällig seitlich des Altars zu platzieren. Oben würde ein Schild angebracht. Nein, nicht „INRI" sondern „gespendet von Siegfried Heilberger". So hieß der Künstler. Abkürzen müsste man den Namen, meinte einer, weil zu lang. „Auf 'Sieg. Heil.'?", fragte ein anderer, worauf das mit dem Abkürzen vom Tisch war.

Sobald alles fertig war, wollte man den Künstler einladen und das Kreuz mit einem Festgottesdienst einweihen. Und dann ging der versammelte Pfarrkirchenrat noch kurz ins Wirtshaus, auf ein Bier oder zwei. Der Vorsitzende ging als letzter nach Hause, schlug im Rausch wie üblich seine Frau, ohne dass er oder sie wusste warum und sah sich danach noch einen Porno an, bevor er schließlich zu Bett ging. Natürlich nicht, ohne sein Nachtgebet zu sprechen.

Der Lois war also das ausführende Element bei dieser Aufstellung. Er hatte die Metallplatte mit dem Sockel für das Kreuz fachgerecht mit gewaltigen Schrauben im Boden der Kirche verankert, wobei er zwei der jahrhundertealten Steinplatten beschädigt hatte, und mit einem Flaschenzug das Objekt der pfarrkirchenrätlichen Auseinandersetzung dann auf den Sockel gehoben, wo es über den Aufnahmestutzen glitt und jetzt bombenfest stand, sodass man von den kaputten Steinfliesen nichts mehr sah. Glück gehabt! Hätte der Pastoralassistentin sicher nicht gefallen, die war eh eine Scharfe.

Aus der ersten Sitzreihe in der Kirche beobachtete ihn interessiert die alte Rosi, von der kaum jemand den Nachnamen hätte nennen können. Die alte Rosi war eine frühere Magd bei einem Bauern im Ort, die aber schon lange im Ausgedinge war. Sie bewohnte bei dem Bauern, dem sie praktisch für Gotteslohn ein Leben lang gedient hatte, eine alte Kammer im Dachgeschoß, bei freier Kost und Logis, dafür half sie nachwievor im Haushalt mit. Ihr einziger Lebensinhalt war mittlerweile die Religion. Sehr viele andere Beschäftigungen hätte ihr der von lebenslanger schwerer Arbeit gekrümmte Rücken auch nicht mehr gestattet. Die alte Rosi saß jeden Tag einige Stunden betend in der Kirche, aber als der Lois jetzt das Kreuz aufgestellt hatte, das ihr so gar nicht gefiel – aber es war ein Kreuz und damit heilig – erhob sie sich mühsam und schlurfte langsam aus der Kirche.

Die auch in der Dumpflinger Kirche mittlerweile installierte Alarmanlage im Altarbereich war zum Zweck der Arbeiten natürlich abgeschaltet worden. Es wusste sowieso keiner, wofür die gut war. In dieser Kirche war noch nie etwas weggekommen, außer dem Messwein und einigen Sünden im Beichtstuhl natürlich. Na, man musste ja nicht alles verstehen und bezahlt hatte diese Anlage eh die Diözese!

Weil es heute schon spät war, ließ Lois das Werkzeug, die Schraubzwingen, die er nicht einmal benötigt hatte und den ganzen Abfall, der angefallen war, liegen und den Flaschenzug hängen. Zusammenräumen konnte er morgen auch noch, dachte er sich ganz richtig, verließ die Kirche und ging ein Bier trinken, nicht ohne noch einmal daran zu denken, wie er als Kind und Ministrant noch jeden Tag um sieben Uhr morgens mit dem Pfarrer eine Messe hatte „feiern" müssen.

Für sechs Schilling Ministrantenlohn im Monat. Ein wenig beschämt fiel ihm ein, dass Beerdigungen da immer eine willkommene Sache gewesen waren, da sprangen pro Ministrant auch schon mal zehn bis zwanzig Schilling raus. Von Hochzeiten und Taufen ganz zu schweigen. Sakrament, diese Sakramente waren ihm damals heilig gewesen! Bei Hochzeiten hatte er es ja noch verstanden, da waren alle gut gelaunt und optimistisch. Was die Beerdigungen betraf, konnte es nur daran liegen, dass die Leute glaubten, wenn sie den Ministranten ein Trinkgeld gaben, könnten sie den lieben Gott bestechen, dass sie nicht der oder die nächste sein würden oder sowas in der Art. Vielleicht war das auch der Grund, dass man zwar Brautsträuße warf aber keine Kränze. Würde ja doch keiner fangen wollen.

Was wohl die Ministranten heutzutage verdienten? Was man so hörte eher Liebeslohn als Gotteslohn, hahaha. Naja, angefasst hatte ihn der Pfarrer auch öfter mal. Aber nicht so. Eher in Form einer saftigen Watschen, wenn er mal wieder Essig statt Messwein ins Flascherl eingefüllt hatte. Rache muss nicht immer süß sein, es geht auch sauer!

„Alles gottlose Halunken!", murmelte er bei diesen Gedanken in sich hinein und wusste selbst nicht, wen er damit genau meinte. Vorsichtshalber einfach alle. Wenn es nach ihm ginge, würde in diesem Land schnell wieder Zucht und Ordnung herrschen und mit dieser Gottlosigkeit aufgeräumt werden.

Emilie wartete vor der Pension. Wenn Ernstl länger nicht herauskommen sollte, wobei „länger" alles über fünf Minuten war, dann wüsste sie Bescheid über die beiden. Eifersucht macht Frauen irrational. Nicht, dass sie sonst immer besonders rational wären, aber sie folgten an und für sich doch einer, wenn auch oft eigenen, Logik. Es ist eigentlich recht einfach, die weibliche Logik zu verstehen. Nehmen wir an, eine Frau flirtet mit einem anderen Mann und man kommt dahinter. Also gemeint ist, man entdeckt es. Dahinter kommen könnte man jetzt auch anders verstehen.

Was wird diese Frau zur Rechtfertigung sagen? Stellt euch das Gespräch einfach vor. Man ist zornig und spricht sie auf den Flirt an:

47

„Warum musstest du mit diesem Schnösel flirten?"

„Weil ich dich liebe!", sagt die Frau darauf.

Wenn man darauf so unvorsichtig ist, zu fragen: „Was meinst du damit?", dann wird die Diskussion sofort von ihr in die Richtung „Was es heißt, wenn ich dich liebe und du es nicht verstehst!" gelenkt, und man hat sowieso schon verloren. Aber so unvorsichtig ist man nicht. Man fragt also: „Wieso flirtest du mit einem *anderen* Mann, wenn du *mich* liebst?"

„Damit du merkst, dass du mich auch liebst. Du liebst mich doch, oder?"

(Achtung, Falle!)

„Ja, natürlich! Über alles! Darum flirte ich ja auch nicht mit anderen Frauen!" (Hehehe, bin ich gut oder was?)

„Siehst du! Du liebst mich nicht genug, um sicher sein zu können, dass ein Flirt mit einer anderen Frau deine Liebe nicht gefährden könnte! Das ist bei mir anders!"

„Na gut, dann flirte ich eben auch mal mit einer anderen!"

(Verrückt geworden oder nur lebensmüde?)

„Aha, reiche ich dir nicht aus, oder wie?"

„Was? Du hast ja mit dem Flirten angefangen!"

„Lenk jetzt nicht ab! Ich reiche dir also nicht mehr aus? Warum sagst du das nicht gleich? Ich weiß eh, dass ich keine zwanzig mehr bin!" Und so weiter.

Glaubt mir, als Mann verlierst du da prinzipiell. Sie ziehen dich auf ihre weibliche Logikebene und schlagen dich dort mit Erfahrung. Gib auf! Du – hast – keine – Chance!

Eifersüchtige Frauen folgen aber wie erwähnt gar keiner Logik mehr, nicht einmal mehr einer weiblichen! Das ist in etwa so wie bei notgeilen Männern. Das Blut zieht sich schlagartig aus dem Gehirn zurück und – hier unterscheiden sich die Geschlechter – bei den Männern geht es in ... also bei den Frauen geht es in den Bauch und löst dort das Bauchgefühl aus. Das ist das gleiche Gefühl, mit dem Männer beispielsweise Lottoscheine ausfüllen oder beim zehnten Bier darauf hoffen, am nächsten Tag fit zu sein.

Dabei war alles vollkommen harmlos. Noch.

Ernstl ging mit Corinna in die Gaststube der Pension, rief die Besitzerin mit einem lauten „Chriiiiiistl!" und fragte noch, ob er mit dem Gepäck behilflich sein dürfe. Was Corinna ihm huldreich gewährte und Egon in stiller Eifersucht wahrnahm.

Das Zimmer, das man ihr zugewiesen hatte, war klein aber sauber und einigermaßen komfortabel, was auch für Egons Domizil galt, der einen Stock höher untergebracht war.

Dann bot Ernstl ihr noch an, dass sie ihn natürlich jederzeit kontaktieren könne, wenn sie etwas brauche, gab ihr seine Handynummer und verabschiedete sich artig. Corinna war erfahren genug, es langsam anzugehen und ihn ein wenig zappeln zu lassen. Sie würde ihn in einigen Stunden anrufen. Übrigens hieße sie Corinna, das wäre doch viel kürzer als „Frau Müller-Hannsen", oder Ernst? Oder soll ich Ernstl sagen? Was ist dir lieber, Ernst? Womit klar war, was ihm lieber zu sein hatte.

Nach sieben Minuten verließ er die Pension. Da hatte Emilie aber schon einige Minuten schräger Fantasien hinter sich, und so etwas verzeiht eine Frau nicht. So unschuldig kannst du als Mann gar nicht sein. „Erwiesene Unschuld" oder gar „Im Zweifel für den Angeklagten" gibt es vor Gericht. Aber nicht in Beziehungssachen, nicht einmal, wenn der eine noch gar nicht weiß, dass es eine Beziehungssache ist.

Zudem hatte Emilie einen echten Scheißtag gehabt. Sie hatte einen Autofahrer angehalten, der eindeutig zu schnell gefahren war. Der kurbelte das Fenster hinunter, hielt ihr die Papiere hin und sagte nur: „Wie viel?"

Darauf machte sie den dummen Fehler zu antworten: „Neununddreißig Euro.", was der Autofahrer mit einem „Dann steig ein, eine halbe Stunde habe ich eh Zeit!" quittierte. Da half es auch nichts, dass sie ihm noch hundertfünfzig Euro für das Duzen abknöpfte, der Typ lachte immer noch, als er weiterfuhr.

Ernstl achtete nicht auf die Gestalt, die sich hinter eine Mauerecke drückte, als er aus der Pension ins Freie trat. Emilie wartete, bis er die paar Meter zum Polizeiposten zurückgelegt und in der Tür verschwunden war und machte sich dann selbst auf den kurzen Weg.

Im Vorbeigehen klemmte sie noch einen Strafzettel auf Sunnys Auto, der einmal wieder im Parkverbot stand. Zwar erst ein paar Minuten, was also bestenfalls „Halten" aber nicht „Parken" war, aber das war einfach zur Gewohnheit geworden und ihr in ihrer momentanen Stimmung auch vollkommen egal.

Sunny sah ihr aus der Bäckerei dabei zu und schüttelte nur den Kopf.

„Jetzt wartet die depperte Wachtel nicht einmal mehr die zehn Minuten ab!", sagte er laut lachend zur um diese Uhrzeit spärlichen Kundschaft in der Bäckerei und erntete seinerseits ein paar blöde Bemerkungen vom Toni, dem alten Säufer, dass sie wohl auf ihn stünde, ob das nicht ein Grund sei, mal was anderes auszuprobieren als Männer?

„Ach, leck mich doch am Arsch!"

„Das könnte dir so passen, was? Dein Gesicht kannst du dir selber waschen!"

*

Indes träumte Egon einen Stock höher seine üblichen Wachträume von Corinna und sich. Die Chance, in der gleichen Pension eine Nacht zu verbringen, hatte er schon genutzt. Zumindest in seinen Träumen. Da war er mutig, ein Mann, nach dem sich die Frauen verzehrten, aber er hatte nur Augen für sie. Die sich auch nach ihm verzehrte aber sich das – noch – nicht eingestehen konnte.

Seine Träume hatten etwas von einem tonlosen, mittelalterlichen Minnegesang, samt Verklärung des holden Burgfräuleins durch den edlen Helden und Keuschheitsgürtel mit Ignoranzschloss.

Corinna wusste davon nichts. Sie duschte und legte sich ein Stündchen aufs Ohr. Nach wenigen Minuten schlief sie.

Traumlos.

Als sie gegen vier Uhr am Nachmittag wach wurde, griff sie sich ihr Mobiltelefon und rief Ernst an.

*

Dem guten Pete waren die weiblichen Reize der Piefketussi auch nicht entgangen. Er war in seinen Augen ein richtig cooler Typ, ein Aufreißer par excellence, dachte er, während er zuhause beim Essen saß. In den Augen der Mädels allerdings nicht, weshalb seine Aufreißersprüche á la „Hast du Wasser in den Beinen? Meine Rute schlägt aus!" selten zum Erfolg führten. Eigentlich hatten sie, wenn man die eine oder andere Ohrfeige nicht als Ausdruck nonverbal geäußerter, sexueller Anziehung interpretieren will, noch nie zum Erfolg geführt, nur einmal hatte danach seine Nase geblutet.

Aber er war ja noch jung. Und noch Jungfrau. Männliche. Und nicht vom Sternzeichen her. Es wäre schon lässig, wenn er das mit dieser Frau ändern könnte. Angeblich passten ja ältere Frauen und junge Männer ganz gut zusammen, oder war das umgekehrt?

Seine Mutter schreckte ihn aus seinen Tagträumen mit einem profanen „Deine Nudelsuppe wird kalt!" auf. Was für die Suppe zutraf, aber nicht für seine ... Leibesmitte.

Nach dem Essen würde er sich wieder auf die Lauer legen. Falls die Zielperson ihre Ermittlungen in Dumpfling fortzusetzen gedachte, würde ihm garantiert nichts entgehen. Aber vermutlich würde sie ihn als ihren Verbindungsmann dann sowieso anrufen.

*

Ernstl holte Corinna um kurz vor Fünf in der Pension ab und fuhr mit ihr in seinem Privatauto nach Dumpfling, was auch Emilie nicht entging. Genauso wenig wie Egon, dem sie den Abend freigegeben hatte.

Und so blieben zwei heimlich unheimlich Eifersüchtige in Ganshofen zurück, während die beiden sich auf den Weg machten und ziemlich genau um fünf Uhr nachmittags, es war schon ziemlich dunkel, in Dumpfling eintrafen, was Pete natürlich nicht entging, der sich sofort an die Beschattung machte. Sie hatte ihn nicht angerufen, was seinen Stolz doch erheblich angeknackst hatte, erst recht als er sah, mit wem sie in Dumpfling eintraf.

Da Eifersucht eine Leidenschaft ist, die mit Eifer sucht, was Leiden schafft, hielt es auch Emilie und Egon nicht lange in Ganshofen.

Egon noch etwas länger als Emilie. Er dachte noch darüber nach, wie er es erklären könnte, wenn Corinna ihn in Dumpfling sah. Und weil das Denken nicht seine herausragendste Fähigkeit war, brauchte er dazu eben etwas mehr Zeit als Emilie, die als eifersüchtige Furie einfach überhaupt nicht mehr dachte sondern sich in den Dienstwagen setzte und nach Dumpfling auf Streife fuhr.

Schließlich hatte aber auch Egon seine Lösung gefunden, die ihn zwar nicht befriedigte (das wäre eigentlich Corinnas Aufgabe, fand er) aber in Ermangelung einer besseren Begründung wohl reichen sollte: Ihm war langweilig gewesen, und er wollte auf eigene Faust Corinna ein wenig bei der Recherchearbeit in Dumpfling unterstützen. Das würde er sagen, falls sie ihn fragen sollte.

4

„Wo möchtest du beginnen?", fragte Ernstl seine Begleiterin.

Heute wäre es wohl etwas zu spät für Interviews, ließ sie ihn wissen, was natürlich Unsinn war, denn selbst hier am Land ging man nicht mehr mit den Hühnern schlafen, seit das Satellitenfernsehen Einzug gehalten hatte. Sie hatte aber einfach keine Lust, mit Ernstl jetzt Klinkenputzen zu gehen. Und so ging sie ohne weitere Erklärungen zur Kirche, was Ernstl dann doch etwas überraschte. Als religiös hatte er sie nun wirklich nicht eingeschätzt.

Sie öffnete die Türe, und Ernstl, der ihr folgte, betrat mit ihr die einfache, gotische Pfarrkirche.

„Die wurde Ende des 13. Jahrhunderts erbaut. Der Stil ist etwas untypisch für die Zeit. Der Kirchturm ist kein gemauertes, eigenes Objekt, wie oft bei gotischen Kirchen aus dieser Zeit. Stattdessen ist es ein sogenannter „Dachreiter", wie du sehen kannst."

Sie war überrascht. Der kleine Landbulle schien so etwas wie Allgemeinbildung zu besitzen. Damit hätte sie nicht unbedingt gerechnet.

„Wer reitet auf wem?", brachte sie ihn aus der Fassung.

Nun, ähm, also der Turm säße quasi ... ähm .. rittlings auf dem Dach der Kirche, weshalb ...

„Hast du schon mal Gras geraucht?"

War er vorhin noch verlegen gewesen, dann war er jetzt völlig perplex. Hatte sie ihn, einen Polizisten, wirklich gerade gefragt, ob er Marihuana konsumierte? Er dürfte in diesem Augenblick wohl ein ziemlich dummes Gesicht gemacht haben. Aber es gibt nichts, was man nicht noch steigern könnte.

„Hast du schon mal *in einer Kirche* Gras geraucht? Ich noch nicht."

Und damit griff sie in ihre Handtasche und zog einen Joint hervor.

„Hast du Feuer?"

Natürlich hatte sie selbst ein Feuerzeug. Das wäre aber nicht dasselbe gewesen. Er sollte diese kleine Gesetzesübertretung mit ihr gemeinsam begehen. Noch cooler wäre es, den Joint an einer Altarkerze anzuzünden, aber sie wollte ihn zwar heraus- aber nicht überfordern.

Ernstl fand langsam wieder zu sich. Er wäre Polizist, falls ihr das entgangen wäre, und Marihuana in einer Kirche zu konsumieren würde ungefähr fünf oder sechs Gesetze auf einmal brechen. Eigentlich müsste er sie jetzt dafür in Handschellen abführen und in Haft nehmen, erklärte er ihr. Und erntete einen tiefen Blick in seine Augen, als sie sich den Joint in den Mund steckte, und sich nach vorne beugte.

„Zuerst gib mir Feuer! Dann leg mir von mir aus die Handschellen an!"

Und so kam es, dass kurz darauf ein Ganshofener Polizist mit einer deutschen Wienerin in der Dumpflinger Pfarrkirche im Beichtstuhl saß – der bequemste Platz in der Kirche – und sie gemeinsam kleine, süßlich riechende Rauchwölkchen durch das Holzgitter bliesen, durch das sonst der Pfarrer den Gläubigen ihre Absolution erteilte. Und weil in diesem Beichtstuhl nicht sonderlich viel Platz war, saßen sie mehr aufeinander als nebeneinander, was aber weder Ernstl noch Corinna großartig störte.

Die letzten Bedenken hatte Corinna in dem schüchternen Polizisten zerstreut, als sie ihm lachend erklärte, in diesem

Beichtstuhl seien wohl schon ganz andere Sünden wenn vielleicht nicht begangen, dann doch zumindest genannt und vergeben worden. Na, was weiß man? Vielleicht auch begangen?

Das beobachtende Augenpaar, das dem Schauspiel aus einer der hinteren Sitzreihen folgte, bemerkten beide nicht. Und auch nicht die Person, zu der diese Augen gehörten.

*

Er hatte als Jugendlicher einmal Gras probiert. Aber das war damals, was er nicht wusste, ziemlich schlechtes, gestrecktes Zeug mit einem nur geringem Anteil an THC gewesen, weshalb er außer einem leichten Schwindelgefühl wie nach einem Glas Sekt zu jener Zeit keine Wirkung verspürt hatte. In seiner unbestechlichen Logik wusste Ernstl daher, dass er auf dieses Zeug offensichtlich kaum reagierte. Er war quasi immun, was ihn mit einem gewissen Stolz erfüllte.

Was er nicht wusste war, dass Corinna hier ganz anderen Stoff mitgebracht hatte, weshalb sie selbst auch schon nach dem dritten Zug merkte, dass es genug war. Ernstl erledigte den Rest in fünf Minuten. Inklusive seiner selbst. Er bekam es gerade noch mit, als ihm Corinna den Gürtel öffnete und ihm die Uniformhose hinunterzog, ihren Rock hochschob und sich auf ihn setzte. Seine Körperfunktionen funktionierten zu ihrem Glück noch.

Die nächsten zehn Minuten aus Corinnas Sicht zu beschreiben, würde aus diesem Buch ein nicht jugendfreies Werk machen, weshalb wir uns darauf konzentrieren wollen, wie Ernstl dieses Intermezzo wahrnahm.

Sein Gehirn hatte nämlich beschlossen, den Einfluss des Tetrahydrocannabinols zu nutzen und einige Neuronen völlig neu zu verdrahten.

Anfangs hatte er noch halbwegs verständlich gelallt, dass das Zeug bei ihm eben einfach keine Wirkung zeigen würde. Bis das Nashorn auftauchte, sich auf ihn setzte und ihn breit angrinste. Offensichtlich ein Breitmaulnashorn. Vom Aussterben bedroht. Er wich zurück und spürte hinter sich Hände, die ihn wieder nach vorne schoben oder zogen. Wie sehr er auch zurückweichen wollte, es ging nicht. Das Nashorn kam immer näher. Es war schwarz. Schwarze Spitze. Ein Intimissiminashorn. Mit zwei Höckern. Ein Kamelnashorn, ja das musste es sein. Mit einer Löwenmähne. Ein Kamellöwennashorn mit einer Haut aus schwarzer Spitze. Aber nicht überall. Jetzt war es weich und glatt und die Höcker stachen ihn mit roten Speerspitzen in die Brust – das fühlte sich irgendwie gut an – während ihm das Geierkamellöwennashorn mit seinen Greifvogelklauen seinen Rücken zerfleischte. Dazu knurrte es bösartig. Er sah mit seinen Facettenaugen am Hinterkopf auf die Klauen des Geierkamellöwennashorns und merkte, dass unter den rot lackierten Fingernägeln (seit wann hatten Nashörner lackierte Nägel?) Zecken krabbelten, die sich blutsaugend langsam aufplusterten, bis die Fingernägel absprangen.

Sein Kopf versuchte sich im Kreis zu drehen, aber das gelang nur seinem Gehirn. Sein Gehirn drehte sich tatsächlich in seinem Kopf. Schneller und schneller, wie in einem Karussell. Es *war* ein Karussell. In weiter Ferne sah er sogar die Person vom Rummelplatz. Sie war irgendwie gesichtslos. Die Person kam näher. Sie hatte etwas in der Hand. Sie hob die Hand. Das Nashorn schrie auf, als es ihn endlich fraß (waren Nashörner nicht eigentlich Vegetarier?). Sein Geist fiel in die Dunkelheit des Geier- kamellöwennashornmagens und begann sich zu verdauen, bis die verdaute Masse nicht mehr denken konnte.

Sunny wusste noch immer nicht, wie er den morgigen Silvestertag verbringen würde. Das letzte Silvester wollte er jedenfalls nicht wiederholen. Er war damals mit ein paar Ganshofenern bei einer Party in Dumpfling gewesen, damals noch als Polizist. Gegen Mitternacht waren sie alle schon „dezent angeheitert" gewesen, was den wahren Sachverhalt bestenfalls sehr euphemistisch beschreibt, und hatten beschlossen, das neue Jahr mit, wie sollte es anders sein, einigen Feuerwerksraketen zu begrüßen.

Es war im Gegensatz zu heuer ein sonniger Silvestertag gewesen, warm und ohne Schnee. Also tagsüber zumindest. Sie waren mit ihren Autos zu ihrem Dumpflinger Freund gefahren, hatten ihre Schlafsäcke mitgenommen und hatten vor, den kurzen Rest der Nacht dann im Heustadel in den Schlafsäcken zu verbringen, weshalb Sunny als gewissenhafter Polizist gegen 21 Uhr von allen die Autoschlüssel einkassiert hatte. Damit niemand auf blöde Ideen kommen könnte. Man weiß ja nie!

Kurz vor Mitternacht kam aber der Gustl drauf, dass er die Feuerwerksraketen — „aus Tscheschiääähn beschorgt, coolesch Tscheugs" (normalerweise sprach der Gustl nicht so, aber das letzte Bier schien etwas gehabt zu haben) — noch in seinem Auto liegen hatte. Sunny war also mit ihm zum Wagen gegangen und hatte die Raketen geholt, was Gustl zum Anlass genommen hatte, gleich einmal auf die Rückbank zu kotzen. Gustl vertrug nie besonders viel. Jedenfalls und offensichtlich keine fünfzehn Bier!

Sunny beseitigte den Saustall rudimentär und ließ die Fenster des Autos offen. Es war weder Regen noch Schnee in Sicht, besser also so als der Gestank morgen. Sunny war eben ein echter Kumpel. Und zudem war er mit dem Gustl

61

mitgefahren. Den Gustl ließ er gleich mit im Auto, der sollte sich ein wenig ausruhen. Nachdem er praktisch bewusstlos war, waren die möglichen Alternativen sowieso deutlich limitiert. Und er würde sich in seinem Rausch auch nicht gleich den Tod holen, Betrunkene verkühlen sich selten.

Sunny packte die Raketen und ging die paar Meter zum Hof zurück. Nun stand also dem lauten und bunten Gruß ans neue Jahr nichts mehr im Wege, auf dass die Hunde und Katzen in der Nachbarschaft sich in den Kellern verkriechen mochten.

Man stellte die Bierflaschen als Startrampen auf – echte Männer machen das immer mit Bierflaschen – steckte in jede eine Rakete und bereitete sich darauf vor, das Feuerwerk des Jahrhunderts abzubrennen.

In Österreich sind die frei erhältlichen Raketen ja streng limitiert auf die Klassen I und II. Eigentlich galt das für die gesamte EU, aber die Tschechen hatten hier offensichtlich eine liberalere Rechtsauffassung oder mehr Sinn für gute Gewinne, und so hatte der Gustl einige richtige Hämmer besorgt, für die man hierzulande Pyrotechniker sein muss, um sie kaufen zu können. Das waren wirklich gewaltige Dinger, ziviler Flugverkehr, nimm dich in Acht! Schade dass der Gustl sie in seinem Rausch nicht würde sehen können!

Man begann natürlich mit den kleineren Raketen. Ziemlich genau um Mitternacht, als aus diversen Fenstern in

Dumpfling die Pummerin dröhnte, beschloss man, jetzt auch die größeren Kaliber auf die Reise zu schicken. Jackpot! Die übertrafen alle Erwartungen! Fast zu groß für die Bierflaschenstartrampen. Nein, sie *waren* zu groß dafür. Jedenfalls eine. Als die Lunte brannte, kippte die Flasche um wie vorhin Gustl nach dem fünfzehnten Bier, und die Rakete entfleuchte zischend und grölend in einem viel zu flachen Winkel, bahnte sich den Weg durch ein blattloses Gebüsch und leistete Gustl in seinem duftenden Schlafwagen Gesellschaft, nachdem das offene Wagenfenster sie so freundlich eingeladen hatte.

Es war eine lange Sekunde, in der alle verblüfft schwiegen, bis sie schlussendlich das Wageninnere in einer Abfolge von bunten Blitzen grandios beleuchtete. Auch die Schallentwicklung war beachtlich. Auf so engem Raum zeigt eine Feuerwerksrakete erst, wozu sie wirklich fähig ist, vor allem eine illegale, tschechische! Die Hauskatze der Freiberger Steffi kam danach eine ganze Woche nicht nach Hause und ließ nie wieder einen Kater ran, weil sie das Gejaule an jene furchtbare Nacht erinnerte.

Nur Sunnys Geistesgegenwart (und seinem vergleichsweise moderaten Alkoholspiegel) war es im Übrigen zu verdanken, dass man den armen Gustl aus dem Wagen zog, bevor dieser restlos ausbrannte. Also der Wagen. Des Gustls Brand kam später, war aber ebenfalls monströs.

Gustl war es – vorerst – egal. Er hatte verschlafen, wie seine Trommelfelle gerissen waren und auch, wie seine Haare brannten, bevor sie der Herbert endlich mit einem Bier löschte. Es waren entweder doch mehr als fünfzehn Biere gewesen, oder es war auch Schnaps im Spiel. So genau ließ sich das vermutlich nicht mehr feststellen.

Gustls Glück war, dass er auf dem Gesicht gelegen hatte. Das tat er dann auch im Krankenhaus noch einige Wochen, beziehungsweise auf dem Bauch, bis die Brandstellen verheilt, die Trommelfelle wieder halbwegs ganz – nur links hörte er ab da etwas gedämpfter – und die Haare wenigstens da und dort ein Stück nachgewachsen waren. Dumpfling hatte seinen eigenen Niki Lauda.

Weil Gustl bei einem der beteiligten Freunde versichert war (also eigentlich bei der Versicherung, die dieser vertrat), ließ es sich auch so drehen, dass der Wagenbrand als elektrischer Defekt deklariert werden konnte und somit der Schaden bezahlt wurde. Das war ihm sein Freund schuldig. Es musste im Gegenzug ja niemand erfahren, dass er dem Gustl dauernd Wodka ins Bier geschüttet hatte.

Auf diese Art Silvester würde Sunny heuer verzichten, weshalb er sich gleich gar nichts vorgenommen hatte. Am besten vor dem TV Gerät sitzen und dem Mundl Sackbauer zusehen, wie er den Nachbarn eine Rakete ins Wohnzimmer schoss, um dann lauthals zu beteuern: „Mir war'ns net. Mir san jo net amal daham!"

Und danach vielleicht das Dinner for One. Ja, das würde ein beschaulicher Jahreswechsel werden. Guter Plan!

Doch stets nur macht der Mensch die Pläne, damit Gott etwas zu lachen hat, und so würde der morgige Tag für Sunny etwas ganz anderes bereithalten.

Sunny drehte das Handy auf lautlos und legte sich ein wenig hin.

∗

Corinna taten der Kopf, der Brustkorb und vor allem auch die Arme weh, was sie langsam wieder zu Bewusstsein kommen ließ. Und diese Schmerzen kamen nicht von blasphemischem Sex im Beichtstuhl. Die hatten andere Gründe. Auch irgendwie sakrale, aber nicht damit zu vergleichen.

Sie sah an sich hinunter. Sie war nackt. Doch auch davon konnten diese höllischen Schmerzen nicht kommen. Langsam erst realisierte sie, dass sie zu stehen schien. Nein, eigentlich hing sie. Das war doch nicht möglich! Sie hing tatsächlich an einem Kreuz. Das Gras musste es wirklich in sich gehabt haben, dachte sie gequält und wollte schreien, aber mehr als ein dumpfes Murmeln brachte sie nicht heraus. Sie realisierte, dass dieser Essiggeschmack im Mund offensichtlich mit zum Programm gehörte. Ein Schwamm oder etwas dergleichen, anscheinend mit Essig oder saurem Wein getränkt, steckte in ihrem Mund und sie konnte ihn nicht ausspucken. Und dazu diese kirchlich-höllischen Schmerzen!

Sie drehte den Kopf und sah, dass ihre Arme und Beine mit Schraubzwingen an ein Stahlkreuz geklemmt waren. Der Schwamm in ihrem Mund war mit einem Tuch fixiert. Nein, kein Tuch, es war ein Gürtel (es war Ernstls Polizeigürtel, aber das konnte sie nicht sehen).

Man hatte sie gekreuzigt! Irgend eines dieser verrückten Landeier hatte sie doch tatsächlich ans Kreuz genagelt. Nun ja, nicht direkt genagelt, aber so musste es sich anfühlen. Mit einer unmenschlichen Anstrengung drückte sie mit der Zunge den Essigschwamm aus dem Mund, am Gürtel vorbei, und schrie, bevor sie der Schmerz wieder ins Reich der Träume entließ, als durch die Bewegung ihre Speiche und ihre Elle im rechten Unterarm mit einem lauten Knacken brach und ihr Körper ein kleines Stück nach unten sackte.

5

Ernstl wachte mit rasenden Kopfschmerzen in seinem Auto auf. Das Letzte, an das er sich erinnern konnte, war, dass er mit Corinna in die Kirche gegangen war. Dort hatten sie ...

irgendetwas geraucht? Im Beichtstuhl? Er war sich nicht sicher. Worüber er sich sicher war, das war die Beule an der Schläfe. Hatte er sich den Kopf gestoßen? Und wie zum Teufel kam er in sein Auto? Wo war Corinna?

Er war verwirrt, und das war bestenfalls als Hilfsausdruck zu verstehen. Als er sich aufrichten wollte, raste der Schmerz erneut durch seinen Kopf wie eine Abteilung Hells Angels über die Route 66. Bruuummm, bruuummm, bruuuuuuuuummmm! Vorsichtig befühlte er die Stelle. Unter der enormen Ausbuchtung schien der Knochen heil zu sein. Aber eine Gehirnerschütterung hatte er sicher. Und da kam auch schon die Nachhut der Motorradgang.

Er beschloss, den einzigen Menschen, dem er diese komische Geschichte anvertrauen konnte, anzurufen: Sunny.

Doch der hob nicht ab.

*

Die alte Rosi hatte ihr Abendbrot (im wahrsten Sinne des Wortes, ein Schwarzbrot mit Schmalz und Zwiebeln) gehabt und war dann wie so oft noch einmal in die Kirche gegangen, um Gott dafür zu danken. Weit hatte sie es ja nicht, weil der Bauer, in dessen Hof sie ihre Kammer hatte, wie schon berichtet, nur wenige hundert Meter entfernt war.

Als sie die Kirche betrat, hörte sie ein Stöhnen. Sie hielt inne und horchte noch einmal genauer hin. Im Gegensatz zu ihren Augen war ihr Gehör noch sehr gut. Das Stöhnen schien vom neuen Kreuz zu kommen. Sie sah hin, so gut es ihr ihre alten Augen gestatteten und sah einen verschwommenen Schemen am Kreuz. Nackt und mit langen Haaren, wie sie sich den Herrn immer vorgestellt hatte. Und sie konnte das Stöhnen, die Qual des geschundenen Körpers hören. Kein Zweifel, ihr war der Herr erschienen. Ihr, seiner kleinsten Sünderin auf Gottes Erdboden war diese Ehre zu teil geworden. Halleluja, gepriesen sei Gott!

Rosi bekreuzigte sich und anstatt sich die Sache näher anzusehen, wie es jedes Menschen normale Reaktion gewesen wäre, rannte (naja, nennen wir es eben „rennen") sie berauscht von so viel Glück aus der Kirche und schrie (naja, nennen wir es „schreien") aus voller Brust (naja, ...) den Ort zusammen:

„Ah Wunda! Ah Wunda! Da Heilaund, da Heilaund hängt leibhoftig in da Kira! Das i des dalebm derf!"

Das hätte trotzdem niemand gehört, weil am 30. Dezember um sieben Uhr abends die einzige Straße in Dumpfling ungefähr so belebt ist wie die Glocknerhochalpenstraße während der Wintersperre. Und auch genauso gut geräumt. Nur galt das nicht für Pete, den Neoagenten. Dem entging nichts mehr, seit er seinen Auftrag bekommen hatte. Weil nun aber seine Jobdescription Kirchenwunder nicht einschloss, war er etwas ratlos, was er mit der völlig aufgelösten, zeternden Rosi machen sollte und beschloss daher, sie am besten zum Bauern zurückzubringen, was die alte Rosi aber vehement ablehnte. Also gut, dann geht man halt schnell mit der alten Schachtel nochmal in die Kirche und schaut nach, was sie so aus dem Häuschen respektive Gotteshaus gebracht hat.

*

Eine Stunde später war in Dumpfling mal wieder die Hölle los, aus sakralen Gründen, wenn man so will, was irgendwie ein Widerspruch in sich ist. Die Wintersperre der Glocknerhochalpenstraße schien aufgehoben, um den Vergleich noch einmal zu strapazieren, doch stürmten keine Touristenmassen das Fuscher Törl sondern vielmehr die Dumpflinger das Kirchentürl.

Nachdem Pete die Piefketussi so unglücklich am Kreuz hängen gesehen hatte, hatte er ausnahmsweise einmal richtig reagiert und sofort den Bürgermeister angerufen, also gleichsam seinen Führungsoffizier, und ihm das Unglaubliche berichtet. Der war keine zwei Minuten später vor Ort. Gemeinsam hatten sie mit dem Flaschenzug das arme Opfer samt Kreuz vom Sockel gehoben, nicht ohne vorher noch die Rettung und die Polizei anzurufen und –

Pete hatte Talent für den Agentenjob – ein paar Beweisfotos mit dem Handy zu machen.

Emilie war keine fünf Minuten später vor Ort, die Rettung kurz darauf und der Rest von Dumpfling brauchte auch keine halbe Stunde. Der Vorteil, wenn man in einem kleinen Ort wohnt, das macht uns mal nach, Großstädter! Emilie allein war dem Ansturm natürlich nicht gewachsen, und so versauten die Schaulustigen den Tatort spurentechnisch ähnlich effizient wie eine Horde Hooligans ein Stadion beim Lokalderby oder Oktoberfesttouristen die Theresienwiese.

Als endlich die von Emilie gerufene Verstärkung eintraf und den Tatort abriegelte, war an eine Spurensicherung daher nicht mehr zu denken.

Corinna war das in dem Moment eher egal. Nachdem die beiden Ersthelfer das Kreuz umgelegt hatten (und damit hatte Pete endlich auch seine erste Frau aufs Kreuz gelegt), entfernten sie den als Knebel verwendeten Gürtel und lösten die Schraubzwingen, worauf das arme, geschundene Opfer wegen der einsetzenden Durchblutung derart zu schreien begonnen hatte, dass sie mindestens eine Minute nur völlig ratlos dastanden und rätselten, was sie tun konnten. Wieder festschrauben ging ja wohl nicht. Corinnas rechter Unterarm zeigte zudem ziemlich genau die aktuelle Uhrzeit an, was keiner gesunden und normalen Armhaltung entsprach, der war also sicher gebrochen.

Nach einigen Minuten, in denen Pete und Emilie hilfreich abwarteten, ging ihr Schreien glücklicherweise in ein leises Wimmern über, bevor sie erneut das Bewusstsein verlor, worauf Pete, wie er es im Erste-Hilfe-Kurs gelernt hatte, sie in eine stabile Seitenlage brachte (er hätte aber besser die linke Seite nehmen sollen), was Corinna augenblicklich weckte und erneut aufbrüllen ließ, als sie auf dem gebrochenen Arm zu liegen kam.

Irgendwann war sie dann wieder bewusstlos geworden, und nun war – dem Herrn sei Lob und Dank – endlich Ruhe, wenn man von der zunehmenden Zahl von Schaulustigen absah. So voll war die Kirche schon lange nicht mehr gewesen. Also doch irgendwie ein Wunder.

Ziemlich zeitgleich mit der Rettung traf auch der ehemalig freie und seit kurzem fest angestellte Mitarbeiter des Kleinformats ein, der seit einigen Wochen daran dachte, seinen Wohnsitz gleich nach Dumpfling zu verlegen, so oft wie er in den kleinen Ort fahren durfte, um dort mit stets interessanten Geschichten seine berufliche Karriere voranzutreiben. Wer ihn informiert hatte, ließ sich später trotz eingehender und teilweise durchaus peinlicher Befragung durch den Bürgermeister nicht mehr feststellen. Jedenfalls war die nächste Schlagzeile schon so gut wie geschrieben und bebildert. Ob sie *„Dumpfling kreuzigt ORF Redakteurin!"* oder *„Dumpflinger Gotteshaus durch nackte Frau am Kreuz entweiht!"* heißen würde, darüber konnte man ja noch beraten. Dem sehr verehrten Herrn Landeshauptmann würde sowohl die eine als auch die andere Überschrift mit Sicherheit zu neuen Hochsprungrekorden verhelfen, und der Pepi sah schon das Zusammenstauchszenario vor sich. Der sehr verehrte Herr Landeshauptmann würde ihn zweifelsohne so zurechtstutzen, dass er im kommenden Frühling die Erdbeeren auf der Leiter pflücken musste.

6

Als Ernstl sich bis auf die Kopfschmerzen wieder halbwegs intakt fühlte, startete er seinen Wagen und wollte sich – Corinna hin oder her – soeben auf den Heimweg machen, just in dem Moment, als er den Menschenauflauf vor der Kirche samt Rettungswagen und Emilies Dienstwagen sah. Und eben trafen anscheinend noch weitere Kollegen ein. Nachdem er sich langsam daran erinnerte, dass er vor kurzem noch höchstselbst in der Kirche ein gewisses Stelldichein (oder eher Dringmalein) gehabt hatte, war es nur logisch, dass er sein Auto zur Seite fuhr und sich die Sache näher ansehen wollte. Er hatte gar kein gutes Gefühl. Rettung ist nie gut. Nein, also Rettung ist schon gut, besser jedenfalls als ausbleibende Rettung, aber man sieht sie halt nicht so gerne mit Blaulicht an einem Ort, von dem man gerade keine Ahnung hat, wann und wie man ihn selbst verlassen hat.

Er stellte deshalb den Motor wieder ab und stieg aus, um sich auf den Weg zur Kirche zu machen, als er merkte, dass er seine Uniformhose zu verlieren drohte. Was nicht verwunderlich war, weil anscheinend sein Gürtel fehlte. Samt Handschellen und Dienstwaffe, der dienstrechtliche Super-Gau! Was für ein Tag! Da war ihm ja ein durchgedrehter Psychofritze mit Baseballschläger noch lieber!

Wen wundert's, dass Ernstl jetzt ziemlich behenden Schrittes auf die Kirche zueilte, wobei er sich stets mit der einen Hand den Hosenbund hielt?

*

Corinna hatte scheinbar Glück gehabt. Außer dem gebrochenen Unterarm, einer gewaltigen Beule am Hinterkopf, etlichen Quetschungen und einer gebrochenen Rippe, die sie sich anscheinend zugezogen hatte, als sie – vermutlich nicht ganz freiwillig – mit dem Flaschenzug das Kreuz hochgezogen worden war, schien sie nur eine schwere Gehirnerschütterung davongetragen zu haben, wenn man bei einer Blondine davon überhaupt reden konnte, meinte der mittlerweile eingetroffene Notarzt süffisant mit einem Blick auf die von der Situation offensichtlich völlig überforderte Emilie. Für eine

Kreuzigung war das ein durchaus akzeptabler Ausgang, zumindest aus Sicht des Opfers.

Was die ebenfalls strohblonde Emilie nicht wusste: Auch der Notarzt war schon des Öfteren ein Adressat ihrer Zettelchen an der Windschutzscheibe gewesen.

Nachdem man Corinna also erstversorgt hatte, rollte man sie auf einer Liege aus der Kirche und verfrachtete sie in den Notarztwagen, um sie auf schnellstem Wege ins Krankenhaus Linz zu bringen. Der Notarzt hätte auch Wels als Ziel auswählen können, aber er wusste aus Erfahrung, dass gerade zu den Feiertagen dort die meisten seiner Ärztekollegen auf Abruf waren, sprich: Sie waren zuhause. Und niemand vom Pflegepersonal ruft gern einen Arzt zuhause an und zitiert ihn ins Spital. Oder gar eine Ärztin, die noch weniger gern.

In dem Augenblick, als man sie gerade durch das Kirchenportal schob, stolperte Ernstl herein, immer noch die Hose mit einer Hand in einer Position fixierend, die dem Gotteshaus angemessen war.

Vor Schreck vergaß er, seine Beinkleider festzuhalten, worauf diese, dem Zug der Schwerkraft folgend, sogleich den Weg nach unten anzutreten begannen. Nur Ernstls polizeiausbildungstechnisch geschulte Reflexe verhinderten das Schlimmste.

Noch bevor er fragen konnte, was hier los war, trat Emilie auf ihn zu und wollte, wissen, wo sein Gürtel wäre. Man hätte nämlich das Opfer mit einem Polizeigürtel geknebelt gefunden. Ernstl war viel zu perplex, um irgendetwas abzustreiten. Aber er war auch nicht dumm genug, um irgendetwas zuzugeben.

Und so kam es, dass Emilie ihm Handschellen anlegte, etwas, das sie schon lange mit ihm hatte machen wollen, aber halt anders, und ihn ganz offiziell als Verdächtigen festnahm, in das Polizeiauto verfrachtete, mit der Hand auf seinem Kopf (fast streichelnd), wie man es aus den amerikanischen Filmen kennt, und ihn etwas später im Ganshofener Gemeindekotter einlochte, den Ernstl damit endlich auch als Bewohner und nicht nur als Quartiergeber kennenlernte. Yeah Baby, that's life!

Man müsste jetzt lügen, wenn man abstreiten wollte, dass Emilie das zumindest ein kleinwenig gefiel. Wenn eine Frau einen Mann unter Kontrolle bringt, gefällt ihr das immer. Zumindest am Anfang. Zumindest bis sie merkt, dass das schnell langweilig wird. Und mehr unter Kontrolle bringen als fesseln und einsperren geht eigentlich kaum.

Woran Emilie nicht gedacht hatte war, ihrem Gefangenen das Mobiltelefon abzunehmen. Und weil sie reichlich unprofessionell diesem seine Hände vor und nicht hinter dem Körper mit den Handschellen gefesselt hatte, nutzte

Ernstl diese Möglichkeit noch im Polizeiauto dazu, seiner einzigen Vertrauensperson, nämlich unserem Sunny, ein SMS mit dem Inhalt zu senden:

„Bin verhaftet. Von Emilie. Besorg mir Anwalt und hau mich raus! Ernst."

*

Der Pannen-Egon hatte das Ganze in der Anonymität der Schaulustigen verfolgt. Auch er verspürte so etwas wie Genugtuung. Hoffentlich würde das seiner Angebeteten eine Lehre sein! Anscheinend hatte sie mit diesem Polizisten in der Kirche (!) geturtelt und war von ihm dann ans Kreuz geschraubt worden. Jedenfalls war das ganz offensichtlich der aktuelle Ermittlungsstand.

Es gab allerdings jemanden, der es besser wusste. Doch er beschloss, dass es durchaus ausreichte, wenn *er* es wusste.

*

Als Pete dem Bürgermeister noch in der Kirche schilderte, was er zu wissen glaubte, wechselte dessen Gesichtsfarbe wie ein Werbeblinklicht im Sekundentakt zwischen weiß und rot – je nachdem, ob gerade Entsetzen oder Wut vorherrschte.

Der Pepi dachte dabei in erster Linie wieder an den sehr verehrten Herrn Landeshauptmann und seine letzte Drohung. Zusammenstauchen war blanker, völlig unangebrachter Optimismus. Der würde ihn für dieses Desaster vierteilen lassen. Im besten Falle!

Eine hochrangige und noch dazu hübsche ORF Mitarbeiterin – hässliche Menschen wurden weniger bemitleidet, wie er aus Erfahrung wusste, weshalb mit ihm kaum jemand viel Empathie empfinden würde – in der Dumpflinger Pfarrkirche ans Kreuz genagelt. Nein, eigentlich vorher genagelt und dann ans Kreuz geschraubt. Das war ja noch schlimmer! Denn mittlerweile hatte er aufgeschnappt, dass Corinna vor ihrem Ausflug an dieses hässliche Stahlding noch Sex gehabt hatte, den gefundenen Körperflüssigkeiten zufolge offenbar im Beichtstuhl, was aber laut Kirchenrecht kein Grund für sofortige Absolution sein dürfte, die Beichte würde ihr nicht erspart bleiben.

Als wenn das noch nicht genug wäre, hatte man dort auch Reste eines Joints entdeckt. Highrauch statt Weihrauch, wenn man so will. Monströs statt Monstranz. Schmerzen statt Kerzen. Sakrileg statt Sakristei. Orgie statt Orgel. Sakrament!

Das einzig Positive – aber auch schon wirklich das einzige, was Dumpfling und damit ihn etwas entlasten könnte – war, dass der Übeltäter anscheinend aus der Nachbargemeinde kam. Noch dazu ein Polizist. Den würde nicht einmal der mit dem sehr verehrten Herrn Landeshauptmann gut befreundete Polizeichef schützen können, der war erledigt.

Dabei hatte Pete dem Bürgermeister nicht einmal alles erzählt, was er wusste.

*

Sunny wurde vom Piepsen seines Mobiltelefons wach. Anscheinend hatte ihm jemand ein SMS geschickt. Er setzte sich auf der Couch auf, rieb sich den Restschlaf aus den Augen und las die Nachricht.

Zwei Minuten später hatte er den Anwalt Prillinger am Telefon und erzählte ihm was er wusste, also praktisch nichts. Dass der Ernstl anscheinend inhaftiert worden war und ihre Hilfe benötigte. Brüllinger, wie er von allen wegen seines lauten Organs genannt wurde, sagte sein sofortiges Kommen zu. Es war zwar mittlerweile schon ziemlich spät am Abend, aber Ernst war wie Sunny für ihn in letzter Zeit so etwas wie ein Freund geworden, und man lässt Freunde eben nicht im Stich, wenn sie einen brauchen.

Keine halbe Stunde später sprachen sie am Posten in Ganshofen vor. Normalerweise war dieser um die späte Stunde schon geschlossen, aber das war nun wirklich kein normaler Tag, sodass ihnen Emilie widerwillig und zugleich mit einem Gefühl einer Art Genugtuung öffnete. Ernstl würde wohl morgen ins Gefängnis Wels verlegt, eröffnete sie den beiden. Die heutige Nacht bliebe er jedenfalls unter dringendem Tatverdacht der vorsätzlichen, schweren Körperverletzung, des Verstoßes gegen das Suchtmittelgesetz und der Entweihung einer religiösen Stätte sowie groben Unfugs in Polizeigewahrsam. Und wegen Verlustes seiner Dienstwaffe, die man dann allerdings glücklicherweise im Beichtstuhl gefunden und sichergestellt hatte.

In einer Stunde erwarte sie die Vernehmungsbeamten aus Wels oder Linz, dann würde man ihn sich mal zur Brust nehmen (dabei dachte sie daran, dass sie das mit dem Ernstl auch gerne getan hätte). Derzeit seien die Beamten noch mit der Tatortbestandsaufnahme beschäftigt und würden dort Zeugen vernehmen.

Sunny wunderte sich nicht, dass Emilie so bereitwillig Auskunft erteilte, wozu sie keinesfalls verpflichtet war. Aber Ernst war und blieb ein Kollege und: Sunny war nicht entgangen, wie ihre Augen leuchteten, wenn sie von ihm sprach.

Dr. Prillinger empfahl Ernstl, zu dem ihn Emilie „ganz inoffiziell" gelassen hatte (Im österreichischen Recht hast du kein Recht auf einen Anwalt während der Vernehmung, da kannst du noch so viele Folgen „CSI" oder „Law and Order" gesehen haben.) bei der Vernehmung kein Wort zu sagen, außer: „Ich werde nur in Anwesenheit meines Anwalts antworten."

Es war dann einfach eine Frage, wer mehr Geduld hatte: die Vernehmungsbeamten oder der Verdächtige. Herausprügeln durften sie aus ihm ja auch nichts. Theoretisch zumindest. Ein Patt also. Theoretisch zumindest.

Sunny (auch er durfte hinein) versprach seinem Freund, seinerseits zu ermitteln. „Du weißt ja, da bin ich gar nicht so schlecht!"

Ernstl grunzte undefinierbar, was der immer optimistische Sunny als Zustimmung wertete.

7

„Jetzt reicht es endgültig!", polterte der sehr verehrte Herr Landeshauptmann. „Jetzt legen wir diese Volltrotteln mit einer Nachbargemeinde zusammen. Das ist ja nicht zu fassen, jede Woche ein neuer Skandal! Und die Bundespräsidentenwahl steht auch an, wo wir eh keinen brauchbaren Kandidaten gefunden haben, nachdem der Erwin nicht so deppert war, sich aufstellen zu lassen. Und jetzt legt sich eine von unserer Fraktion geführte Gemeinde auch noch mit dem ORF an!"

Sein Parteisekretär wusste, wann es besser war zu schweigen.

„Ich will, dass dieser Vorfall intern restlos aufgeklärt wird. Und dann schauen wir, was wir der Presse sagen. Bis dahin gilt für alle Beteiligten absolute Nachrichtensperre. Machen Sie denen das klar!"

Der Parteisekretär nickte. Am liebsten hätte er ja geknickst, aber das hatte der sehr verehrte Herr Landeshauptmann kürzlich abgeschafft, behaupteten böse Zungen. Zumindest für männliche Bedienstete, behaupteten noch bösere.

„Und dann verbinden Sie mich mit dem Bürgermeister dieser, dieser, ... verbinden Sie mich einfach, Herrgott noch einmal!"

Beim folgenden Telefonat konnte die österreichische Telefongesellschaft endlich zeigen, was ihr System hergab. Selbst in den lautesten Passagen übersteuerte das Signal nie, sodass der Pepi am Ende samt Hut kleiner war als sein Gesprächspartner am anderen Ende.

Und seine Gemeinde würde man mit Ganshofen fusionieren. Ausgerechnet mit Ganshofen! Seit jeher herrschte in Dumpfling eine gewisse Rivalität mit diesen Großkopferten. Marktgemeinde, dass ich nicht lache! Welcher Markt? Einmal im Jahr Kirtag, zu mehr reichte es eh nicht. Und was das für sein gar nicht so kleines Bürgermeistergehalt bedeuten würde, konnte er sich ausrechnen. Und dann sah er unwillkürlich auf seine Extremitäten. Das mit dem Vierteilen zumindest war ausgeblieben. Vorerst!

*

Es war ein traumhafter Silvestermorgen. Der Schneefall hatte endlich aufgehört, die Sonne war herausgekommen, die Landschaft lag in märchenhafter Stille, die Corinna im Tiefschlaf und der Ernstl mit schmerzendem Kreuz auf der harten Pritsche im Gemeindekotter von Ganshofen.

Die Nachrichtensperre funktionierte zumindest seitens der Polizei einwandfrei. Grundsätzlich ist man dort natürlich auch nicht gerade erfreut, wenn ein Kollege einer solchen Tat dringend verdächtig ist. Und so ergingen sich die Zeitungen in Mutmaßungen, Übertreibungen und Hörensagengeschichten (worin ja schon das Wort „Sage" steckt), was genau da in Dumpfling vorgefallen war.

Bis auf das landesweit viel gelesene Kleinformat. Keiner wusste, wo das Foto mit der Piefketussi am Kreuz hergekommen war, aber der Ausdruck, den der Redakteur am Schreibtisch hatte, nachdem ihn der Hausmeister am Abend im Redaktionsbriefkasten gefunden hatte, war von ausreichender Qualität. Und ohne Absender.

Und so konnte man zumindest in der Morgenausgabe (für die Abendausgabe war es zu spät gewesen) den Artikel mit einem Titelbild auffetten, das sich gewaschen hatte. Quasi mit Weihwasser. Wobei man anstandshalber die Augen und die beträchtlichen Brüste des armen Opfers mit schwarzen Balken unkenntlich gemacht hatte, die erfahrungsgemäß die Neugier der Leser erst richtig anfachten.

Man hatte in der Redaktionskonferenz über den Text des Artikels heftig diskutiert und sich dann für eine entschärfte und nicht so reißerische Variante entschieden. Der Vorfall war auch so noch ein Knüller, der seinesgleichen suchte. Ein journalistischer Glücksfall, wie er einem Redakteur nicht oft zuteil wird.

Und so prangte also am Morgen am Titelblatt das besagte Bild samt Augen-, Brust- und Stahlkreuzbalken und darüber die Überschrift:

„Dumpfling kreuzigt freien Journalismus!"

Dann folgte eine Doppelseite mit allerlei Informationen zum Vorfall. Ein Hauptartikel, der präzise ausführte, wer wie, wo und warum (Vermutungen) womit woran gekreuzigt worden war. Das eine oder andere Kästchen mit Informationen, was die Kreuzigung bei den Römern für eine Strafe gewesen war und wer damit bestraft worden war und wie oft diese Strafe verhängt worden war. Ein Kästchen über die anatomischen Eigenheiten dieser Strafe, die großteils noch schnell mittels Google gesammelt und teilweise so falsch waren wie ein Dreiundzwanzig-euroschein.

Nicht fehlen durfte auch eine kurze Zusammenfassung der Ereignisse der letzten Monate in Dumpfling, was dazu führte, dass der Bürgermeister bei der Lektüre laut aufstöhnte und der Landeshauptmann wieder einen Wutanfall bekam.

Ergänzt wurde alles noch durch eine Abhandlung über die Wichtigkeit der Pressefreiheit und dieses bösartigen Anschlags auf dieselbe (was aber kaum jemand las) und durch ein Interview mit einem bekannten Opus Dei Aktivisten, der als bekannt radikalfundamentalistischer Priester kürzlich selbst für Aufsehen gesorgt hatte, weil er Vergewaltigungsopfern geraten hatte, sich weniger auf-reizend zu kleiden. Man befragte ihn zu der Symbolik dieser Aktion, und er zweifelte keine Sekunde daran, dass der Zweck derselben war, die katholische Kirche zu diskreditieren oder zu entweihen oder beides. Beizukommen sei dem nur mit Gottes eherner Faust, womit er wieder einmal sein Lieblingsbuch eines ehe-maligen Bischofs zitierte.

Auch ein Statement des blauen Parteisekretärs durfte natürlich nicht fehlen, der anscheinend als einziger bereits von einem radikalislamistischen Tathintergrund wusste. Seit sich die Blauen mit dem Rechtsregime in Israel

verbrüdert hatten, hatten sie die Juden als Universal-
schuldige durch Moslems ersetzt. Das funktionierte recht
gut. In ein paar Jahren würde man dann sicher auch
Beweise dafür finden, dass es Moslems gewesen waren,
die Jesus gekreuzigt hatten, auch wenn Mohammed 600
Jahre später lebte. Na, dann waren es eben Vorfahren von
Moslems gewesen! Beweist mal das Gegenteil! Ismaeliten
oder Israeliten, da kann man schon mal was verwechseln!

Und am Ende fand sich noch ein Interview mit einem
behandelnden Arzt des armen, bedauernswerten Opfers,
der nichts anderes sagte, als dass er sich auf die ärztliche
Schweigepflicht berufe, worauf man dann eben irgend
einen x-beliebigen Arzt interviewte, der ohne Kenntnis des
Falles auf die vermutlichen Verletzungen und Spätschäden
in aller Ausführlichkeit einging. Am Ende musste Corinna
noch froh sein, dass sie gezwungen und nicht genagelt
worden war. Obwohl, zuerst hatte sie ja keiner gezwungen,
irgendwie.

Obschon die Auflage auf einen beinahe obszönen Wert
erhöht worden war, bekam man um zehn Uhr bereits kein
Exemplar mehr zu kaufen, woran sicherlich das Foto
hauptschuldig war.

Schon am späten Abend des Vortages war natürlich auch
der staatliche Rundfunk in die Berichterstattung ein-
gestiegen, zumal ja eine „langjährige und sehr verdiente

Mitarbeiterin" das Opfer war. Mittlerweile standen in Dumpfling Sendewagen der wichtigsten deutschsprachigen TV Stationen und Reporter berichteten an diesem Silvestermorgen mit Wintermänteln und sichtbaren Atemluftwölkchen pausenlos über die neuesten Entwicklungen, die es eigentlich aber nicht gab. Jedenfalls erfuhr man nichts.

Also machten sich die Reporter daran, das zu tun, was sie am besten konnten: Hinz und Kunz zu interviewen, egal ob Augenzeuge, Ohrenzeuge, mehrfacher Zeuger oder zeugungsunfähig, blind, taub oder nur aus eigener Beurteilung wichtig – jeder durfte mal, je urwüchsiger und unverständlicher in Aussprache und Inhalt, desto authentischer!

Daraus zog man dann die wildesten nachrichtenberuflichen Schlüsse und sendete diese prompt in die gesamte Welt, worauf die österreichischen Wintersportorte sogleich mit etlichen Stornierungen ängstlicher und noch mehr Neubuchungen sensationsgeiler Touristen konfrontiert wurden, wobei aber die Fremdenverkehrssprecher nur die Stornierungen erwähnten. Eigentlich müsste man dafür Dumpfling haftbar machen, empfahl einer, was den Pepi zum x-ten Male an diesem Tag aufstöhnen ließ.

*

Es sah nicht gut aus für den Ernstl. Die Spurensicherung (intern nannte sie jeder nur Spusi) hatte trotz des

Menschenauflaufs noch einiges feststellen können, auch wenn der betreffende Beamte, er hieß lustigerweise Spusic und kannte alle Witze dazu bereits seit Jahren, ziemlich angefressen war, weil er Silvester eigentlich etwas anderes vorgehabt hatte. Nachdem die Sicherung der Spuren abgeschlossen war, musste er sie nun im Labor auswerten. Man kennt das ja von „CSI" im Fernsehen. So ähnlich sah das auch in Linz aus, nur ohne Geräte. Das Labor war eher einer ausrangierten Küche gleichzusetzen, in der statt einem Mixer und einer Kaffeemaschine ein Computer und ein altes Mikroskop standen. Da hätte unser Pete nicht einmal Knallkeks backen können. Der Staat musste eben sparen. Dafür war das Licht gut und nicht so mystisch und farbig wie bei CSI.

Trotzdem hatte er festgestellt, dass Ernstl gewisse Körperflüssigkeiten über den halben Beichtstuhl verteilt hatte, genauso wie seine Fingerabdrücke. Und von einer Probe des Opfers wusste er, dass sich die Verteilung nicht auf den Beichtstuhl allein reduziert hatte.

Der Polizeigürtel, mit dem das Opfer geknebelt worden war, gehörte ebenfalls dem Verdächtigen, von dem man auch Fingerabdrücke auf den Schraubzwingen gefunden hatte.

Es gab kaum einen Zweifel, wer die hübsche Deutsche da hochgezogen und angeschraubt hatte.

Als er den Abschlussbericht fertig hatte und gerade gehen wollte, der Spusic, und zwar mit seinem Gspusi zu einem Fest mit Musi, kam per Eilboten das mittlerweile sichergestellte Foto der Zeitung mit dem Auftrag, es ebenfalls zu untersuchen.

Spusic dachte kurz an Flucht, fluchte und machte sich an die Arbeit. Sein Gspusi musste warten.

*

Sunny las in seiner Wohnung in Ganshofen den Bericht der Spurensicherung, den ihm ausgerechnet Emilie ausgedruckt und zugesteckt hatte. Endlich einmal ein Schriftstück von ihr, mit dem er etwas anfangen konnte, dachte er und grinste.

Das Grinsen verging ihm, als er den Bericht las. Kurz ertappte er sich dabei, wie er selbst glaubte, dass der Ernstl offensichtlich einen Ausraster gehabt hatte. Mittlerweile war ja auch ein Drogentest vorgenommen worden, weil man im Beichtstuhl einen Joint gefunden hatte, und sowohl Ernstl als auch das Opfer waren positiv auf Tetrahydrocannabinol, also Marihuana, getestet worden.

Aber etwas irritierte ihn an dem Bericht. Er kam nicht drauf, was es war. Ob ein Bier vielleicht? Nein, er brauchte seine fünf Sinne beieinander. Das Flascherl musste warten. Und da fiel es ihm wie Schuppen von den Haaren: Der

Flaschenzug! Man hatte Corinna mit dem Flaschenzug hochgezogen und sie dann mit den Schraubzwingen am Kreuz fixiert. Warum waren Ernstls Fingerabdrücke zwar auf den Zwingen aber nicht am Flaschenzug? Entweder hatte ihm jemand geholfen oder er war unschuldig und jemand hatte die Spuren absichtlich gelegt. Zudem blieb zu klären, wie Ernstl zu der gewaltigen Beule am Kopf gekommen war. Der Arzt hatte ihn trotzdem als haftfähig bezeichnet. Eigentlich ein Skandal.

Was auch immer – dieser Jemand musste gefunden werden.

Und dann machte Sunny sich eine Liste.

8

Corinna erwachte langsam aus dem Tiefschlaf, in den man sie versetzt hatte. Sie fühlte sich elend. Ihr rechter Arm war eingegipst, der andere sowie ihre Beine bandagiert und alle möglichen Körperöffnungen waren mit Schläuchen versehen. Was war geschehen? Hatte sie einen Unfall gehabt? Sie versuchte sich zu erinnern, aber das letzte, was sie wusste war, dass sie in eine Kirche gegangen war. Danach war nichts mehr.

An ihrem Bett stand ein Arzt. Er sagte etwas von aufwachen und Zeit. Dann schwanden Corinna wieder die Sinne.

Als sie das nächste Mal zu Bewusstsein kam, stand eine Polizeibeamtin mit einem Mann in einem weißen Kittel vor dem Bett. Hatte sie die Frau nicht schon einmal gesehen? Der Weißkittel, wohl ein Arzt, erklärte ihr gerade etwas: „... nur kurz ... noch benommen ... nicht ... anstrengen ..."

Die Polizistin nickte und drehte sich zu ihr um.

„Guten Tag Frau Müller Hanssen. Wie geht es Ihnen? Können Sie mir ein paar Fragen beantworten?"

Corinna versuchte zu sprechen, aber das heisere Grunzen, das man jetzt hörte, war doch nicht ihre Stimme, oder?

„Sie waren intubiert und sind sicher noch heiser.", meinte der Weißkittel. „Langsam sprechen und nur das Nötigste!"

Sie nickte.

Die Polizistin wollte wissen, ob sie ihr sagen könne, wer sie gestern ... ähm ... in diese Lage gebracht habe?

Corinna schüttelte den Kopf. „K...ein... Er..nerru... Welche Lag..?"

Der Arzt schüttelte energisch den Kopf und zog die Polizistin recht unsanft weg. Es reiche, meinte er. Offensichtlich hätte sie eine veritable, retrograde Amnesie. Da müsse die Erinnerung langsam von selbst wiederkommen, jeder weiterer Reiz in Form einer

Interrogation wäre da kontraproduktiv für die Rekonvaleszenz.

„Warum können Ärzte eigentlich nicht einfach auf Deutsch sagen, dass ihre Rübe noch etwas Ruhe brauchte, bis sie sich würde erinnern können?", dachte sich Emilie still.

Irgendwie war es Corinna egal. Sie beschloss, dass es wohl am besten wäre, noch ein wenig zu schlafen. Wenige Sekunden später war das auch der Fall, und Emilie ging unverrichteter Dinge.

*

Das Foto hatte abgesehen von den Abdrücken der Angestellten der Zeitung, die das Foto berührt hatten und von denen man für ein Ausschlussverfahren Abdrücke genommen hatte, tatsächlich zwei brauchbare Teilabdrücke ergeben, die sich allerdings nicht zuordnen ließen. Die betreffende Person war noch nicht erkennungsdienstlich behandelt worden. Die beiden Abdrücke waren allerdings eher zierlich, was auf eine sehr junge männliche Person oder eine Frau hinwies, merkte Spusic im Bericht an.

Da der betreffende Ort sehr klein war, würde er vorschlagen, allen Einwohnerinnen sowie allen jungen Dumpflinger Männern zwischen 15 und 20 Jahren für einen Vergleich die Fingerabdrücke abzunehmen. Sowie natürlich allen weiteren Zeugen. Diejenige Person, die das Foto gemacht hatte, war mit großer Wahrscheinlichkeit nicht selbst der Täter, weil für das Hinaufziehen mit dem Flaschenzug und das Fixieren mit den Zwingen doch eine beträchtliche Körperkraft nötig war. Vermutlich war es aber ein potentieller Tatzeuge.

Er schickte den Bericht an die ermittelnden Beamten und natürlich auch an Emilie, die offiziell ebenfalls bei den Ermittlungen half, fuhr den Rechner hinunter und machte sich endlich auf den Weg zu seinem Gspusi. Jetzt ging es ja wieder, seit er sich überall rasiert hatte. Mit Grausen dachte er an letzte Woche zurück, als ihn Bart und – nun, sagen wir: tiefer liegende, behaarte Gefilde – teuflisch gejuckt hatten. Nicht nur ihn, wie er am Stammtisch in Wels bemerkt hatte, wo er sich immer mit vier seiner besten Freunde traf. Einer seiner Freunde hatte ihn damals gefragt, als er sich gerade wie wild am Kinn kratzte, ob es ihn auch seit neuestem überall juckte. Am Ende hatte sich herausgestellt, dass alle fünf von diesen Symptomen betroffen gewesen waren.

Seine reiche kriminalistische Erfahrung hatte schließlich das Problem gelöst. Vor einigen Wochen war in ihrer Stammkneipe eine hübsche, junge Kellnerin eingestellt worden. Die kam nicht nur mit dem Bier, wenn man sie lieb fragte. Aber dass alle fünf Freunde innerhalb von zwei

Wochen nun die kleinen Plagegeister in diversen haarigen Körperregionen beheimateten – also das war schon heftig.

Dass ihn auch der Bart juckte, war dann noch Gegenstand einiger Witze gewesen, auf die er durchaus hätte verzichten können.

Und so knobelten sich die fünf Freunde aus, wer von ihnen zum Arzt gehen sollte. Es hatte natürlich ihn getroffen. Der Arzt hatte gemeint, das Problem sei haarig und dementsprechend die Entfernung der Körperbehaarung an den betroffenen Stellen angeordnet sowie eine Salbe verschrieben, die er dann in der Apotheke gleich fünffach erwarb, was der Apothekerin ein Grinsen und einen dummen Spruch entlockte. Die blöde Kuh. Der konnte das natürlich nicht passieren, so wie die aussah!

Aber wozu sind Freunde da? Mittlerweile war bei allen fünf wieder alles behoben, nur das Lokal hatten sie dann doch filzlaussicherheitshalber gewechselt.

*

„Ernstl, du steckst bis zum Hals im Dreck!", eröffnete Sunny seinem Freund im Beisein des Anwalts Prillinger. Man hatte ihn mittlerweile nach Wels verlegt, und der Anwalt hatte darauf bestanden, mit seinem Mandanten und seinem Privatermittler unter sechs Augen zu sprechen.

Nachdem das Verhör durch die Kriminalbeamten außer dem eh schon bekannten Namen des Verdächtigen absolut gar nichts ergeben hatten, hatte man ihn nach einem sechsstündigen Verhör in seine Zelle zurückgebracht. Ernstl hatte darauf geachtet, seine Kollegen nicht zu provozieren, aber er hatte schnell klargemacht, dass sie außer seinem Namen kein Wort von ihm hören würden. Und das hatte er dann auch beinhart durchgezogen, welche Tricks sie auch angewendet hatten.

„Ja, ich weiß. Die Kollegen haben mir beim Verhör eh mit den Sachbeweisen, wie sie es nannten, die Hölle heiß gemacht. Trotzdem lustig, dass ich von ihnen deutlich mehr erfahren habe als sie von mir." Ernstl lachte müde.

„Sunny, ich habe die Tussi im Beichtstuhl gevögelt, nachdem wir einen Joint geraucht hatten, was ihre Idee gewesen war. Aber dann habe ich einen Filmriss. Ich kann dir nur sagen, dass ich mich definitiv nicht daran erinnere, ihr etwas angetan zu haben. Du glaubst mir doch, oder?"

Ja, er glaube ihm. Und dann erklärte er ihm, was er entdeckt hatte.

Es gäbe aus seiner Sicht keine Verdächtigen, außer, hmmm, nein, zu absurd.

„Wer, Sunny?"

„Emilie. Die steht auf dich, wusstest du das? Ziemlich sogar."

Ernstl nickte. Ja, das hätte er schon bemerkt, aber zu so etwas wäre sie sicher nicht fähig. Und sonst wüsste er beim besten Willen niemand, der so einen Hass auf ihn oder Corinna haben würde, wobei er natürlich die Deutsche kaum kenne. Und Emilie habe er wirklich nie ermutigt. Mit Kolleginnen fängt man besser nichts an, das gäbe nur Schwierigkeiten. Der Täter müsse also aus dem Umfeld Corinnas kommen, oder?

Schwierigkeiten, in denen er jetzt ja so ganz und gar nicht stecke, merkte Sunny süffisant an, was Ernstl aber nicht witzig fand.

Der Brüllinger wollte den Ablauf noch einmal vom Ernstl hören.

Nun, man hätte sich die Kirche angesehen, dann wäre sie ihm auf einmal auf die Pelle gerückt, hätte einen Joint aus der Handtasche und ihn in den Beichtstuhl und er am Joint gezogen. Ja und ein bisschen zu ihr hingezogen hätte es ihn auch, und sie sich ein bisschen ausgezogen und ihn auch. Den Joint hätte er wohl unterschätzt. Auf jeden Fall waren sie dann ein bisschen ungezogen und mehr wisse er nicht, weil sein Bewusstsein sich auf einmal verzogen hatte.

Und dann sei er angezogen im Auto aufgewacht, bis auf den Gürtel halt, der sonst die Hose raufzog.

„Ja, den hatte sie als Knebel um den Mund.", erklärte Sunny.

„Na, da herinnen bekomme ich ihn ja sowieso nicht.", grinste Ernstl.

*

Es geschah dem Luder ganz recht, fand Pete. Was musste sie sich auch mit diesem Bullen einlassen? Was er selbst nicht wusste (sein Unterbewusstsein aber schon) war, dass er eigentlich nur eine Mischung aus Eifersucht und Enttäuschung empfand, weil nicht er es gewesen war, der ihr im Beichtstuhl ihre Sünden entlockt hatte.

Dass er das Foto gemacht und der Presse als Ausdruck – nicht als Datei, so blöd war er nicht – zugespielt hatte, war eines Agenten würdig, lobte er sich im Geiste selbst. Vielleicht sollte er den Agentenberuf für sein zukünftiges Leben ernsthaft ins Auge fassen?

Aber zuerst einmal wollte er etwas Geld verdienen. Das Foto, das er der kleinformatigen Zeitung hatte zukommen lassen, war nämlich nicht das einzige Bild, welches er geschossen hatte. Gott segne diese Smartphones!

Er nahm es zur Hand und schrieb ein SMS.

*

Als man den Lois, also den Handwerker, der in der Kirche das Kreuz aufgestellt hatte, anrief, war er überrascht. Er war ja schließlich kein Augenzeuge, obwohl er natürlich mittlerweile Bescheid wusste, weil über so eine Angelegenheit in einem so kleinen Ort nach wenigen Stunden immer jeder alles weiß.

Er hatte den Ermittlungsbeamten – wie hatte der geheißen? Bobic oder so? Auch so ein Tschusch! – daher auch nicht sehr viel sagen können, außer dass er entsetzt gewesen war. Über die Entweihung der Kirche und überhaupt. Weniger über das Schicksal der Reporterin, aber das erwähnte er nicht. Er mochte Reporter generell nicht besonders. Und Rauschgiftler auch nicht. Und Ausländer schon gar nicht. Und die war irgendwie alles davon, oder?

Der Lois war nämlich ein wackerer Volksgenosse. Er hielt etwas auf Zucht und Ordnung, auf Fleiß und Gesetzestreue und auf seine Liebe zu Gott und Vaterland – und auf ein gutes Bier. Prost. Mist, leer! Naja, eines geht noch. War eh erst das dritte. Diese Ausländer versauten das ganze Land. Man brauchte sich nur die Bilder der Erstaufnahmelager ansehen. Das sah ja aus wie ein Strand am Ballermann um 9 Uhr morgens!

Lois hatte sein ganzes bisheriges Leben immer brav gearbeitet – jedenfalls in seiner eigenen Wahrnehmung – und war nie arbeitslos und selten krank gewesen. Ok, die drei Monate, nachdem er sich das Bein gebrochen hatte, aber das kann man ja nicht als Krankenstand in dem Sinne bezeichnen. Das war einfach ein Arbeitsunfall gewesen, als er am Heimweg von der Arbeit in den Straßengraben gefahren war, wegen dieses dämlichen Fasans. Und irgend so ein persischer Richter, Doktor Mahrani oder wie der geheißen hatte, hatte ihm dann auch noch den Zettel zupfen lassen und ihn zum Verkehrspsychologen geschickt. Der Trottel. Soll froh sein, dass er hier leben und arbeiten durfte, wobei das war eh keine Arbeit, die anderen nach Lust und Laune zu traktieren. Das war gelebter Sadismus. Jawohl!

Wenn jeder so wie der Lois wäre, dann gäbe es in Österreich kein Budgetdefizit und keine Arbeitslosigkeit, fand er. Naja, wobei das mit der Arbeitslosigkeit war jetzt schon teilweise schlimm, weil die Ausländer den Österreichern langsam alle Jobs wegnahmen. Persönlich kannte er zwar keinen solchen Fall, aber wenn man das immer wieder liest, muss schon etwas dran sein, nicht wahr?

Als im Wirtshaus so ein siebengescheiter Jungspund gemeint hatte, wenn dir einer ohne Ausbildung, Sprachkenntnisse und Freunde hier die Arbeit wegnehmen könne, wärst eh selbst schuld, hatte er ihm einen freundlichen Klaps auf sein vorlautes Maul gegeben, weshalb er jetzt auch noch vorbestraft war und diesem Flaschenkopf die Zahnkronen bezahlen musste. Scheiß linkslinke Zecke! Wegen dieses Vorfalls (und wegen der kürzlich erfolgten, kurzfristigen Vorladung zwecks Überprüfung seiner Leberwerte) hatte er jetzt den Fetzen, also den Führerschein, noch immer nicht wieder. Eigentlich war das mit dem vierten Bier jetzt nicht klug, mahnte ihn sein Gewissen kurz, aber er ertränkte es mit einem großen Schluck.

Man konnte schon einen Hass bekommen auf dieses linke Gesindel! Da hatte der Dingsda, der Chef der rechten Partei, schon recht. Da musste durchgegriffen werden. Knüppel aus dem Sack, Linke in den Sack, zugeschnürt und draufgehauen. Trifft garantiert keinen Falschen! Diese Studenten sollten erst einmal was arbeiten, bevor sie das Maul aufreißen und wählen durften. Wenn es nach ihm ginge, sollte sowieso nur wählen dürfen, wer arbeitete. Alles Parasiten und Schmarotzer, diese Studierten und Emanzen. Am schlimmsten waren die studierten Emanzen.

Lois hatte noch einen netten Abend in guter Gesellschaft einiger weiterer kühler Blonder, aber viel Neues erfuhr er von sich auch heute nicht mehr. Und irgendwann, als der Mundl gerade im Fernsehen seine Silvesterrakete in die Nachbarwohnung feuerte, wobei er doch gar nicht zuhause war, schlief Lois schließlich ein.

Das neue Jahr weihte er mit einem ordentlichen Rülpser um etwa zwei Uhr morgens ein, als die Natur ihn unmissverständlich aufforderte, das mittlerweile stoffwechseltechnisch veredelte Gebräu wieder loszuwerden und er zu diesem Zwecke auf's Häusl stolperte.

Auf der Toilette brachten sich nach diesem virilen Bäuerchen sogar die Silberfische in Sicherheit, das war ja echt nicht auszuhalten. Musste das neue Jahr so anfangen?

Als er sich danach wieder hinlegen wollte, sah er sein Handy blinken. Jemand hatte ihm ein SMS gesendet.

Als er es gelesen hatte, konnte er nicht mehr einschlafen.

9

Das neue Jahr fing mit einem nebligen Wintertag an. Der Wetterbericht hatte das ja vorausgesagt, allerdings auch, dass sich der dichte Morgennebel im Laufe des Tages auflösen würde. In Dumpfling tat er das vielleicht auch, allerdings erst in einer Höhe von einigen tausend Metern, was den Einwohnern in diesem ruhigen, kleinen Nest nicht viel half, weil es nur auf etwa 400 Meter über dem Meeresspiegel lag. So blieb es ein trister Winternebeltag bis die nicht sichtbare Sonne irgendwo jenseits der Wolken unterging.

Der Bürgermeister hing seinem alljährlichen Neujahrs-prozedere an. Gegen neun Uhr aufstehen (normalerweise nachdem er gut geschlafen hatte, was heuer anders war), dann ein Frühstück genießen (das ihm heuer einfach nicht schmecken wollte), dann das Kleinformat lesen (bloß nicht, nicht heuer!), dann sich am Neujahrskonzert im Fernsehen erfreuen (das gelang, nur „Außer Rand und Band" von Eduard Strauß dachte er an die gestrigen Vorkommnisse, was die Freude am Konzert deutlich schmälerte) und zu guter Letzt das Neujahrsspringen ansehen (der Reporter sage sicher hundertmal „K.O.-System und irgendein Springer hatte „Kreuzschmerzen").

Wenigstens der sehr verehrte Herr Landeshauptmann rief nicht an. Das hätte den Tag und damit vermutlich das ganze kommende Jahr vollends ruiniert.

Dafür meldete sich, keine drei Minuten nachdem der heuer überragende Slowene schon wieder das Skispringen gewonnen hatte, jemand vom Ermittlerteam der Polizei und wollte wissen, wie viele Einwohner Dumpfling hatte und wie viele davon junge Männer waren. Man werde nämlich generell allen in dieser Gruppe die Fingerabdrücke abnehmen müssen, also allen, die das nicht verweigerten, was aber dann natürlich erst recht verdächtig wäre. Wie man das wohl am besten organisieren könne?

Der Pepi war schon dermaßen sauer, dass er etwas in der Art murmelte, dass er nicht dazu da wäre, die Arbeit der Polizei zu machen, schert euch gefälligst selbst darum, etc.

Nachdem der nunmehr ebenfalls etwas distinguiert wirkende Ermittler beiläufig erwähnt hatte, dass man die freundliche Mithilfe des Bürgermeisters natürlich auch über einen Anruf beim Landeshauptmann urgieren könnte, der sich am Feiertag darüber sicher sehr freuen würde, sagte der Bürgermeister aber dann doch sofort zu, sich ans Telefon zu hängen und für 17 Uhr am selben Abend alle Betroffenen in der Turnhalle der Schule zu versammeln.

Der Ermittler bedankte sich für die Hilfsbereitschaft. Man würde sich dann also um fünf sehen.

Was für ein Neujahrstag!

*

Als Pete hörte, dass allen in Frage kommenden (wofür eigentlich?) Dumpflingern um fünf am Nachmittag die Fingerabdrücke abgenommen werden sollten, überkam ihn eine dezente Panik. So dumm er auch war begriff er durchaus, dass er wohl auf diesem Foto, das er der Polizei gegeben hatte, seine Fingerabdrücke hinterlassen haben musste. Jedem Agenten passiert mal ein Malheur, aber das war ihm irgendwie vor sich selbst peinlich.

Es war also eine fingerabdruckabnahmevermeidende Strategie gefragt!

Da erinnerte er sich daran, dass seine Mutter noch vom Urgroßvater Siegellack und Siegelring in ihrer Schmuckschatulle hatte. Diese Schmuckschatulle hatte ihn schon als Kleinkind immer wieder fasziniert. Was sich da alles fand! Das Mutterkreuz der Uroma samt Brief vom Führer, worin er ihr für die drei Söhne und zwei Töchter dankte. Das eiserne Kreuz vom Uropa, der es posthum verliehen bekommen hatte, nachdem er sich in Stalingrad für den Führer hatte totfrieren dürfen, weil der den Soldaten keine Winterausrüstung mitgegeben und die Kapitulation verboten hatte. „Stalingrad ist bissss zum letztennnn Mannn zu verrrteidigen!" Weiters fand sich darin ein alter Maria-Theresien-Taler, in eine schwere Silberkette eingefasst. Sowie diverse Dukaten, Schmuckstücke und Ketten. Und so weiter, und so fort.

Und er wusste, da war auch ein Stift, zu dem ihm seine Mutter erklärt hatte, dass man den anzündet, den Lack auf den Brief tropft und dann mit dem Siegelring das Siegel hineindrückt. Er hatte ihn nie anzünden dürfen. Aber jetzt war es so weit!

Als der rote Stab, der irgendwie aussah wie ein Reparaturstift für Skibeläge, brannte und der Siegellack herunter tropfte, drückte er mannhaft einen Finger in die flüssige Masse. Der Schmerz war infolge seiner Erwartung desselben augenblicklich und gewaltig. Quasi die Mutter aller Schmerzen. Zumindest für einen Mann, der keinen Geburtsschmerz kennenlernen musste. Aber Pete war ein Agent, und die mussten Schmerzen ertragen können, nicht wahr? Und so wiederholte er das tapfer mit weiteren sieben Fingern (inklusive der Daumen), nur die kleinen ließ er aus, weil er ziemlich sicher war, dass er damit das Foto nicht angefasst hatte.

Dann legte er alles zurück in die Schatulle, wo der noch heiße Stift am Mutterkreuz festklebte, und lief ins Bad um zwei Achthunderter Ibuprofen einzuwerfen, was mit seinen jetzt fürchterlich schmerzenden Fingern gar nicht so einfach war. „Hätte ich vorher machen sollen!", dachte er bei sich. Immerhin, er dachte.

Um fünf ging er zwar immer noch mit (jetzt erträglichen) Schmerzen, aber dafür emotional einigermaßen beruhigt, in die Turnhalle.

*

Der Polizeibeamte, den man dazu abkommandiert hatte, der Dumpflinger Bevölkerung die Fingerabdrücke abzunehmen, war einigermaßen angefressen. Naja, zum Essen war er gar nicht mehr gekommen, obwohl seine Frau ihm zum Abendessen Schweinelendchen in Pfeffersauce versprochen hatte und jetzt ziemlich sauer war, weil sie alleine mit der toten, zart geschmorten Sau am Tisch saß und wohl auch von seinen Lenden heute nicht mehr viel haben würde. Normalerweise war ja ein Dienst auf Abruf am Neujahrstag ziemlich ruhig. Selten ein Anruf, noch seltener ein Abruf. Aber nicht heute! Nein, das hier war richtig Arbeit!

Natürlich nimmt man heutzutage die Abdrücke nicht mehr mittels Stempelfarbe und Papier, sondern lässt die Verdächtigen ihre Hand dazu auf einen speziellen Scanner legen. Dann tippt man in das Notebook den Namen und die restlichen Daten ein, fertig. Aber bei etwa achtzig Leuten ist das eine Menge Arbeit. Und er tippte nicht so gerne. Wie so viele Polizeibeamte war er nämlich ein Anhänger der Terrortechnik: Jede Woche einen Anschlag. Das war die Vorstufe zur Adlersuchtechnik (dreimal kreisen, einmal hacken), die sein Kollege beherrschte. Aber der hatte einen Stern mehr und heute wirklich frei. Somit dauerte die Erfassung endlos, bis sich einer der Dumpflinger erbarmte und sich erbot, die Tipperei zu übernehmen. Zumal er sowieso alle Namen kenne, meinte er. Ab da ging es dann flott dahin, zumindest bis Pete an die Reihe kam, der absolut keine Eile gehabt und sich weit hinten in die Reihe der Wartenden eingeordnet hatte.

Der zeigte seine Hände und meinte, er hätte leider einen Unfall mit dem Siegelwachs gehabt. Ob das eine Rolle spiele?

Der Polizist dachte kurz nach und fragte, ob er ev. sein Mobiltelefon bei sich habe, was Pete bejahte. Der Polizist verlangte es, nahm es mit den Fingerspitzen an den Ecken, holte sein Abdruckset aus dem Spusikoffer (Spusi, nicht Gspusi!) und nahm vom Mobiltelefon jede Menge Abdrücke. Wenigstens ein bisschen Abwechslung, dachte er resigniert.

„Das wird schon reichen!", meinte er zum völlig perplexen Pete und forderte ihn auf, für den nächsten Platz zu machen.

Um sieben war alles erledigt, und achtzig Dumpflinger waren erkennungsdienstlich behandelt, wie es im Exekutiv-jargon heißt. Die Abdrücke waren elektronisch am Weg nach Linz, die Dumpflinger am Weg nach Hause. Außer ein paar, die noch einen Abstecher zum Wirt machten, bei denen war der Weg das Ziel. Oder „nur weg". Interpretationssache!

Und außer Pete. Der war mit immer noch schmerzenden Fingerkuppen auf dem Weg in die Panik.

*

Sunnys Ermittlungen wollten nicht so recht vorankommen. Es fehlte irgendwie der Ansatz. Das war wie in der Schule im Mathematikunterricht. Der Lehrer hatte, wenn er wieder einmal eine Aufgabe selbst rechnen musste, weil sie keiner schaffte, immer gemeint: „So, der Lösungsansatz steht da. Der Rest ist simple Mathematik!" Ein Spruch, für den man ihn manchmal gerne eliminiert hätte wie eine Variable aus einem Gleichungssystem.

Wenn der Herr Professor keine Lust gehabt hatte, die Aufgabe selbst zu lösen, hatte er der Reihe nach alle an die Tafel geholt – und nach zehn Sekunden wieder mit einem Minus zurückgeschickt, wenn sie erfolglos gewesen waren (was der Standard war). Ansatz? Nein? Auf dem Absatz kehrt, marsch! Irgendwann hatte dann der Pauli Parzer den richtigen Ansatz hingeschrieben. Der war ein Mathegenie, aber kein Streber, weshalb er trotzdem bei allen beliebt war, wozu auch seine Schwäche in Deutsch und Englisch maßgeblich beitrug. Machte ihn irgendwie menschlich, fanden Sunny und seine Klassenkollegen. „Parzerdeutsch" nannte man seine Sprache. Die hatte mit Deutsch in etwa so viel gemein wie der Dialekt im Vorarlberger Montafon.

Also der „P2" (Paul Parzer hat zwei „P" als Initialen) hatte dann den Ansatz hingeknallt, worauf er mit einem Plus zurück in die Bank geschickt und somit zu einem „Triple-P" und das Spiel mit der „simplen Mathematik" fortgesetzt wurde, begleitet von Bezeichnungen wie „Gipskopf!", „Dummkopf!" – und vielen Minus. Der Lerneffekt war enorm. Zwar nicht direkt, aber mit diesen Minus war man gezwungen, bei den Schularbeiten halbwegs gute Noten zu erreichen, um durchzukommen, was wiederum nur mit enormem Lernaufwand möglich war, weshalb am Ende aus den meisten doch ganz brauchbare Mathematiker geworden waren. Oder man könnte auch sagen: Die weniger brauchbaren waren nicht mehr in der Klasse. Damals waren Eltern aber auch noch nicht wegen jeder schlechten Note schnurstracks zum Landesschulrat gerannt. Trotzdem mochten sie diesen Lehrer irgendwie. Als er in der Sportwoche bei einem Defekt des Segelbootes ins sechzehn Grad kalte Wasser gesprungen und dann dreihundert Meter ans Ufer geschwommen war, um Hilfe zu holen (das kommt davon, wenn man alle Handies verbietet), hatte er sich ihren Respekt verdient. Zur Huldigung dieser Großtat hatten sie ihn dann am Abend unter den Tisch gesoffen, was natürlich nie jemand erfahren hatte. Ehrensache!

Daran dachte Sunny jetzt zurück. Er hatte mal wieder keinen Ansatz, der Rest, simple Ermittlungsarbeit, war daher an keinem Haken aufzuhängen. Und der Professor war nicht greifbar. Gipskopf, denk nach!

Dazu kam, dass der Einblick in die polizeilichen Ermittlungsdaten, der normalerweise über den Ernstl problemlos möglich war, nun über Emilie laufen musste, die er erstens ein klein wenig selbst unter Verdacht hatte und die ihn zweitens viel lieber mit Strafzetteln als mit Polizeiakten versorgte.

Er beschloss, dass es hoch an der Zeit war, das Verhältnis mit ihr zu normalisieren, sprich ins sechzehn Grad kalte Wasser zu springen und ans Ufer zu schwimmen, natürlich nur im übertragenen Sinne, setzte sich an diesem Neujahrstagsabend gegen sechs Uhr ins Auto und fuhr zur Tankstelle, um eine Bonbonniere zu besorgen.

Dann rief er Emilie an, deren Privatnummer er sich von Ernstl schon vor einiger Zeit besorgt hatte, um ihr bei Gelegenheit mal die Meinung zu geigen. Stattdessen fiedelte er mit ausgesuchter Höflichkeit ein sanftes Liedchen, um in diesem Bild zu bleiben, und ersuchte sie um ein Treffen.

„Der Ernstl braucht uns jetzt!"

Sie willigte ein, nannte ihm ihre Adresse, und Sunny machte sich gegen 18:30 auf den Weg zu ihr.

*

Als Lois sich am Morgen des 2. Januar am vereinbarten Ort einstellte, war er noch völlig unschlüssig, wie er mit dieser Situation umgehen sollte. Er hatte auch keine Ahnung, wer der Absender war. Das SMS war von einer anonymen Nummer gesendet worden. Man sollte sich treffen, hieß es, es ginge um eine „brisante kirchliche Angelegenheit".

Allerdings wartete Lois umsonst über eine halbe Stunde lang. Niemand erschien.

*

Emilie wusste, dass Sunny sich nicht für Frauen interessierte, aber eine Frau wäre keine Frau, wenn sie sich in Erwartung eines Männerbesuchs nicht hübsch macht. Und so brezelte sie sich auf, als wenn sie zu einem Fotoshooting ginge – der Gedanke entlockte ihr einen Grinser. Sie hatte da einmal im Rahmen eines Planquadrats einen Lenker angehalten. Guten Abend Herr Leitenbauer (sie wunderte sich, dass sie sich den Namen gemerkt hatte), Zulassungsschein und Führerschein bitte. Woher kommen Sie gerade (es war zwei Uhr nachts)? Fotoclub? Um die Zeit? Haben Sie alkoholische Getränke konsumiert? Aha, nur ein Seiterl? Steigen Sie bitte aus, wir machen einen Alkotest („Blasen" sagt keine Polizistin mehr heutzutage)! Und so weiter, und so fort.

Der Typ hatte wirklich nur 0,06 Promille gehabt. Sie meinte, er hätte ja offensichtlich wirklich nur ein Seiterl getrunken, worauf der sympathische Kerl glatt erwiderte, eine hübsche Dame könnte er niemals anlügen. Ob Sie demnächst mal Zeit für ein Fotoshooting hätte?

Jetzt fahren Sie weiter, bevor ich auch noch das Verbandspackerl sehen will und die Beleuchtung eingehend überprüfe. Nur zu - mit Beleuchtung kenne er sich als Fotograf aus, kein Problem!

Auf Wiedersehen, Herr Leitenbauer!

Na, vielleicht wäre das mit so einem Shooting keine schlechte Idee. So viele Fotografen mit diesem Namen würde es ja in der Gegend nicht geben. Gedankennotiz: mal in Facebook nachsehen!

Nach einer knappen halben Stunde war das Werk vollbracht. Sie war, einmal geschminkt, ein sehr attraktives Frauenzimmer, wie sie bei einem letzten Kontrollblick in den Spiegel zufrieden feststellte. Na, wollen wir doch mal sehen, ob dieser Sunny wirklich so gar kein Interesse an Frauen hat!

An den armen Ernstl dachte sie auch kurz. Würde ihm nicht schaden, die paar Tage zum Nachdenken zur Verfügung zu haben. Sie war sich ja ohnehin ziemlich sicher, dass er diese ekelhafte Fernsehtussi nicht gekreuzigt hatte. Aber geschah ihm schon recht, was musste er sich auch verführen lassen? Wie selbstverständlich nahm sie – sogar völlig richtigerweise – an, dass die Initiative nicht von ihm ausgegangen war. Dazu war der Ernstl viel zu brav. Was wiederum nicht ganz den Tatsachen entsprach, aber Verliebtheit macht eben, wenn schon nicht blind, dann zumindest empfänglich für selektive Wahrnehmung.

Zehn Minuten später stand Sunny vor der Türe und läutete.

10

Corinna war es schon besser gegangen. Am Morgen des 2. Januar verschlechterte sich ihr Zustand aber plötzlich, bei ihr kam jetzt zum fehlenden Glück auch noch Pech hinzu, wie es ein bekannter deutscher Fussballer einmal so treffend ausgedrückt hatte. Einer Schwester war ihr Husten und ihre ungesunde Gesichtsfarbe zuerst aufgefallen. Der sofort herbeigerufene Arzt stellte fest, dass sie sich wohl eine Lungenentzündung gefangen hatte. Das war im Krankenhaus nicht ungewöhnlich. Trotz penibler Reinlichkeit konnte man die verschiedenen Keime nie ganz eliminieren. Ein Staphylococcus aureus war immer irgendwo, millionenfach. Diese Keime existieren in und auf uns zu Billionen, aber normalerweise gefährden sie einen gesunden Menschen nicht. Im Krankenhaus kamen sie auf ihre Rechnung. Erstens waren geschwächte Organismen – und Corinna war durch die Verletzungen ziemlich geschwächt – die idealen Opfer für einen Angriff dieser Eitererreger. Und zweitens waren nach jahrelangem, hirnlosem Einsatz von Antibiotika für banale Infekte und vor allem in der Landwirtschaft viele Varianten dieser Keime langsam so gegen ziemlich jedes Antibiotikum resistent. Einem besonders heimtückischen Keim, MRSA (multiresistenter Staphylococcus aureus) war seit einiger Zeit auch mit Vancomycin oder Linezolid, den letzten

Waffen der Mediziner, kaum noch beizukommen. Und das würde auf kurz oder lang heißen, dass man sich in Zukunft zum Beispiel jeden Zahnarztbesuch dreimal überlegen sollte. Vor allem beim Kulmbacher Zahnarzt, da kamen zu den Keimen auch noch Ärgererreger hinzu.

Man erkrankt ja nicht direkt an den Keimen. Vielmehr sind deren Abfallprodukte das, was den Körper vergiftet. Kurz gesagt: Man stirbt, wenn man sehr viel Pech hat, an Bakterienscheiße.

Man machte also eine Kultur, das Ergebnis würde in zwei Tagen vorliegen, und verabreichte auf Verdacht Vancomycin, worauf sich ihr Zustand innerhalb weniger Stunden wieder etwas besserte, was aber noch lange nicht heißen musste, dass sie über den Berg war, wie die behandelnden Ärzte aus Erfahrung wussten.

*

Sie öffnete Sunny in einem kurzen und ziemlich engen, knallroten Kleid. Rot ist immer gut. Rot oder schwarz. Und eng. Männer haben einen sehr einfachen Geschmack.

Sunny brauchte keinen Röntgenblick um zu erkennen, dass darunter mit Sicherheit kein Platz für Unterwäsche war. Wäre er ein Mann gewesen, der nur auf Frauen stand, hätte er jetzt wohl die Proseccoflasche und die Croissants fallen lassen. Aber er war andererseits auch nicht stockschwul. Bisexuell mit einer Präferenz für Männer würde es wohl am besten treffen. So grüßte er also nur höflich (und etwas verlegen) und folgte fast etwas schüchtern ihrer Einladung, die kleine Wohnung zu betreten.

Sunny gedachte, den unangenehmen Part schnell hinter sich zu bringen und entschuldigte sich für die Kipferl-Aktion in der Bäckerei. Er hätte sie damals nicht beleidigen wollen, er war halt etwas zornig gewesen wegen der Sache mit dem Parkverbot, etc. Außerdem sei sie eigentlich eine sehr sympathische Person, ja wirklich!

„Kein Problem. Allerdings finde ich es witzig, dass du dann heute ausgerechnet Kipferl mitbringst!", lächelte sie ihn schelmisch an, worauf Sunny, dem das jetzt erst auffiel, rot wurde wie Emilies Kleid, was wiederum Emilie ein lautes Lachen entlockte, das den Bann endgültig brach. Auch sie entschuldigte sich en passant für die vielen Strafzettel und schenkte ihnen ein Glas Prosecco ein.

Mehr als einen Schluck tranken sie nicht, dann ging Emilie aufs Ganze und dem Sunny so rasant an die Wäsche, dass er nur noch still zu sich sagte: „Ich tu das für den Ernstl!", was angesichts seiner Erektion selbst für ihn schon nicht mehr ganz glaubwürdig wirkte. Jetzt zeigte sich, dass ihr Verzicht auf Unterwäsche auch seine praktische Seite hatte.

Eine halbe Stunde später war Emilie positiv überrascht. Es war besser gewesen als sie gedacht hatte. Und sie lachte bei dem Gedanken, dass sie damit vielleicht einen Ketzer zurück in den Schoß des wahren Glaubens geführt hatte. Im Sinne des Wortes, das Fleisch geworden war, gleichsam. Sie musste bei diesen Gedanken so lachen, dass Sunny sofort dachte, er hätte wohl etwas falsch gemacht, was sie wiederum an seiner Miene ablas und ihn mit einem „Das war jetzt ziemlich gut!" beruhigte.

Sunny war auch positiv überrascht. Das Martyrium war weniger schlimm gewesen als er befürchtet hatte. Er stufte es für sich irgendwo zwischen Rasenmähen und einer Wurzelbehandlung ein. Okay, näher beim Rasenmähen. Zumindest ein wenig.

Sie tranken etwa zwei Drittel des Proseccos, aßen die Croissants und die Pralinen, und gerade als Sunny den eigentlichen Grund des Besuchs zur Sprache bringen wollte, beschloss Emilie, es genau wissen zu wollen.

Diesmal dauerte es etwas länger. Der Ernstl hatte aber eh Zeit.

*

Das Ergebnis der Fingerabdruckorgie lag am Abend des 2. Januar endlich vor. Spusic musste grinsen. Es war ja auch ein gerissener Versuch gewesen, sich die Finger zu lackieren. Aber er war gerissener.

Leider waren diese Fingerabdrücke nur auf dem Beweisfoto gefunden worden, aber nicht am Tatort. Was natürlich nicht heißen musste, dass derjenige, der das Foto gemacht hatte, nicht der Täter sein konnte. Zumindest war es ein Anhaltspunkt. Er suchte sich die Daten dieses Jünglings heraus und wählte seine Nummer. Es läutete endlos, bis die Mailbox sich meldete. Auch gut, dann eben die Kollegen hinschicken und ihn abholen lassen.

Er überlegte kurz und wählte Emilies Nummer.

Corinna ging es immer schlechter. Das Vancomycin schien kaum zu wirken, die Entzündungswerte schossen nach oben wie die Apollo V in den Himmel über Cape Canaveral. Sie selbst merkte davon nicht viel, weil man sie sediert hatte, um ihr die Schmerzen zu ersparen. Sie träumte. Träume sind der Tanz, mit dem das Unterbewusstsein uns auf den Straßen der Wirklichkeit veralbert, ohne dass das ICH dagegen auch nur das Geringste unternehmen kann. Außer aufzuwachen, was Corinna aufgrund der Medikamente aber verwehrt war. Also nutzte ihr ES hämisch grinsend die Gelegenheit und verarschte sie einmal so richtig. Es gaukelte ihr vor, sie wäre in einem Beichtstuhl. Rechts von ihr nahm sie dem Ernstl die Beichte ab, mit ihrer Hand in seinem Schoß, während sie links einem Pfarrer beichtete, was sie tat, der die ganze Zeit nur irre lachte. Bis sie ihn ansah und merkte, dass es ebenfalls der Ernstl war. Allerdings mit Schraubzwingen statt Händen und einem Polizeigürtel als Stirnband. Und dann konnte sie die Hände nicht mehr bewegen, während der Beichtstuhl langsam voll Wasser lief. Als das Wasser in ihren Mund eindrang, versuchte sie es auszuspucken.

Corinna hustete grässlich.

Die Ärzte sahen so ernst drein, wie sie es normal nur taten, wenn es in der Kantine Lauchomelett gab, ein absolutes Highlight der Betriebsküche. Aber ernste Blicke sind den Bazillen so egal wie einem Metal-Fan der Musikantenstadl, und so fiel Corinna am Abend ins Koma, bekam die Sterbesakramente und – starb nicht. Jedenfalls noch nicht. Irgendetwas in ihr wehrte sich. Entweder war das der Lebenswille, oder sie hatte zuhause die Katze nicht gefüttert, oder sie war im Beichtstuhl noch nicht fertig. Was weiß man schon?

Der Teufel musste noch ein wenig warten. Vielleicht auch die Engel, aber darauf würde kaum jemand wetten, der sie besser kannte.

*

Als Emilie den Anruf vom mit der Auswertung der Fingerabdrücke befassten Spusic entgegennahm, war Sunny gerade dabei gewesen, ihr von seinen dürftigen Ermittlungsergebnissen zu erzählen. Sie schaltete das Mobiltelefon auf Lautsprecher und ließ ihn mithören, was die Nachforschungen zu den Fingerabdrücken ergeben hatten.

Dieser Junge, Pete, war anscheinend irgendwie in die Sache verwickelt. Jedenfalls hatte er offensichtlich ein Foto von der am Kreuz hängenden Corinna gemacht und der Zeitung zugespielt. Ob er mit der Tat etwas zu tun hatte, schien fraglich. Spusic meinte, man werde ihn gleich mal einvernehmen, ob Emilie das übernehmen könne?

Sunny schrieb ihr eine Nachricht mit dem Stift auf einen herumliegenden Zettel: „Zeit schinden – morgen!"

Emilie sagte, sie würde das gleich morgen früh in Angriff nehmen, womit sich der Ermittler zufriedengab und das Telefonat beendete.

„Warum erst morgen?", fragte sie ihn. „Hast du immer noch nicht genug Sex gehabt?"

Sunny wusste zu wenig über Frauen, um die richtige Antwort zu finden (Kuss) und meinte nur, dass er sich mehr von den Ermittlungen versprechen würde, wenn man sich zuerst das Handy dieses Pete ansehen würde.

Emilie war ein wenig beleidigt, aber sah darüber hinweg. Sie erklärte ihm, dass man dafür wohl eine richterliche Erlaubnis bräuchte, und die würde man heute kaum noch bekommen.

„Ihr von der Polizei braucht das. Ich nicht.“

Und dann rief er seinen Neffen an, den alle nur „Bug“ nannten und teilte ihm mit, dass er den Inhalt von Petes Handy, vor allem die letzten Anrufdaten und SMS benötigen würde.

„Alter, du weißt aber schon, dass das eigentlich nicht geht, ohne dass er eine Trojaner-App installiert?“

„Was heißt ‚eigentlich‘ jetzt genau?“, wollte Sunny wissen.

Nun, das wolle er sicher *nicht* so genau wissen, erklärte ihm sein Neffe und legte auf.

Zwei Stunden und einige Kommunikationen im Darknet später schickte Bug seinem Onkel eine Mail mit dem Inhalt aller SMS, aller Kontakte und der letzten hundert Anrufe von Petes Mobiltelefon. Pete war wirklich ein Topagent. Er hatte nichts gelöscht. Auch nicht das SMS an einen gewissen Lois, in dem er ihn aufforderte, ihn zu treffen, wenn er nicht wollte, dass herauskam, was diese „brisante kirchliche Angelegenheit" betraf.

Sehr interessant! Lois, war das nicht dieser Arbeiter, der das Kreuz aufgestellt hatte? Das passte zusammen, nur ein Motiv wollte Sunny nicht in den Sinn kommen. Bis Emilie einfach nur „Eifersucht" sagte. Er wäre wohl scharf auf diese Tussi gewesen.

„Und du auf den Ernstl, was auch ein Motiv wäre.", dachte sich Sunny, sagte es aber nicht.

Sunny beschloss, in Zukunft von seinem eigenen Handy immer gleich alles zu löschen. Als er gerade damit beginnen wollte, hatte Emilie eine ganz andere Idee. Sie war auf den Geschmack gekommen. Und natürlich war sie ein wenig stolz, dass es ihr gelungen war, Sunny „umzudrehen". Er ergab sich also schon wieder in sein Martyrium und machte sich eine Gedankennotiz, dass Ernstl ihm für erlittene Qualen mindestens ein Jahr lang das Mittagessen würde zahlen müssen. Inklusive Bier!

Den Pannen-Egon hatte man nach Wien zurückbeordert. Corinna brauchte im Moment keinen Fahrer sondern ein Wunder, hatte man ihm erklärt.

Er war verzweifelt. Wie konnte er sie in dieser Situation verlassen? Außerdem wusste er mehr von diesem Verbrechen als wir bisher, den lassen wir jetzt also noch nicht aus der Geschichte raus, ja?

Also beschloss Egon, der Order nicht nachzukommen und rief in Wien an, dass er leider krank und somit fahruntüchtig sei und seine Grippe am besten hier in der Ganshofener Pension auskurieren sollte. Dem wurde stattgegeben. Eigentlich brauchte ihn in Wien ja auch keiner. Pannen gab es auch so schon genug.

Und so legte er sich hin, um ein wenig zu schlafen, während zur selben Zeit Sunny hoffte, dass dieses sexsüchtige Monster neben ihm auch endlich müde werden würde. Beide hatten wenig Erfolg, sprich: sie bekamen wenig Schlaf.

Das war ziemlich genau zur selben Zeit, als Lois sich ebenfalls schlaflos ein weiteres Bier aufmachte, weil er nicht wusste, was der Unbekannte wusste, der ihm das SMS gesendet hatte (und der wiederum seine siegellackierten Finger anstarrte und hoffte, dass die Fingerabdrücke auf dem Foto eine Identifikation nicht zulassen würden.)

Auch der Ernstl schlief kaum auf seiner wahrlich nicht sonderlich bequemen Pritsche im Gefangenenhaus Wels, wohin man ihn vor einiger Zeit überstellt hatte. Das mit dem Verhören hatten sie schlussendlich aufgegeben, aber ein Kiwara hat es im Häfen nie sonderlich gut, weshalb man ihm eine Einzelzelle gegeben hatte.

Der Pepibürgermeister schlief zwar, aber träumte vom sehr verehrten Landeshauptmann und was dieser mit ihm anstellte. Da fragte man sich wirklich, ob Schlaflosigkeit nicht das kleinere Übel wäre.

Die einzige, die traumlos schlief, war Corinna. Sie schien sich langsam zu erholen. Ihr Körper war mit so vielen Männern fertig geworden, da konnten diesem auch keine bösartigen Bakterien etwas anhaben, so schien es.

11

Die Dumpflinger erwachten am Morgen des 3. Januar generell eher spät. Erstens war das ein Sonntag (sogar einer ohne Gottesdienst, was seit ewigen Zeiten nicht mehr vorgekommen war) und zweitens hatten die Ereignisse der letzten Tage vielen Dumpflingern aus den verschiedensten Gründen ein Schlafdefizit mitgebracht. Wenn man bei einem Defizit von „mitbringen" sprechen kann. Eigentlich kann man etwas Fehlendes ja schlecht mitbringen, aber wir betreiben hier nicht Sprachphilosophie sondern Kriminalistik. Zwei Fächer, die sich kategorisch auszuschließen scheinen, zumindest, wenn man Polizeiprotokolle betrachtet.

Emilie hatte kein Erbarmen mit Sunny gehabt, weshalb der Bedauernswerte an diesem Morgen ziemlich müde war, während Emilie schon wieder ... nein, wir müssen uns jetzt um diesen Pete kümmern, Emmi!

Sie hasste es, wenn sie jemand Emmi nannte. Ihre Tante Sophie hatte das immer, als sie noch ein Kind gewesen war, nur um „die liebe Emmi" dann mit ihren grauslichen „Schleckerbussis" zu verwöhnen. Kann diesen vertrottelten Erwachsenen denn keiner sagen, dass Kinder das hassen wie Spinat? Deutet das Busserl einfach nur an und lasst euer Maul geschlossen wie jeder zivilisierte Mensch, verdammt nochmal!

So erntete Sunny einen wenig freundlichen Blick, flüchtete in die Dusche und zog sich die Sachen vom Vortag an, was wiederum er nicht ausstehen konnte.

Kurz darauf machten sich die beiden auf den Weg zu Pete.

Als Pete beschlossen hatte, dass ihm die Erpressung von Lois zu heiß war, wusste er nicht, was er damit anrichtete. Lois war knapp am Durchdrehen, wozu es bei ihm grundsätzlich nicht viel brauchte, da hatte ihm das gute Zureden seiner vielen großen Blonden auch nicht geholfen.

Etwa zu der Zeit, als Emilie und der völlig ausgelaugte und ausgesaugte Sunny sich auf den Weg machten, um Pete ein wenig auf die lackierten Finger zu klopfen, machte irgendetwas in Lois' Kopf „klick". Das war für ihn eine ganz neue Erfahrung, weil es bei ihm selten „klick" machte, meistens machte es eher dumpf „dröhn". Und so beschlossen Lois und seine in knapp zwei Promille umgewandelten blonden Freundinnen, die eventuellen Beweise zu vernichten. Dass die Spurensicherung diese schon lange sichergestellt und den Tatort wieder freigegeben hatte, realisierte er dabei nicht. Wobei wir das „klick" wieder verlassen haben und beim „dröhn" angekommen sind.

Lois ging in seine Garage und holte ein paar Utensilien, die er für sein Vorhaben brauchen würde. Er lud alles in seinen alten Kombi, setzte sich ans Steuer und fuhr los, nachdem er eine CD von Johnny Cash in den Player gesteckt hatte. „Burn, burn, burn – Burning Ring of Fire".

Man weiß jetzt nicht mehr, ob der heilige Markus ihn vor einer Verkehrskontrolle beschützt hatte oder das kalte Winterwetter, das Polizisten lieber durch das Fenster der Dienststelle beobachten als ihm ausgesetzt zu sein. Im Grunde ist das auch egal. Jedenfalls hielt ihn am Weg zur Dumpflinger Pfarrkirche niemand an, obwohl die Spuren, die er in den frisch gefallenen Blitzschnee auf der Straße zog, jeden Mittelschüler brutal und grausam an die letzte missglückte Kurvendiskussion in Mathematik erinnert hätten.

Als er bei der Kirche ankam und aus seinem Auto ausstieg, war diese nicht, wie er gehofft hatte, leer, obwohl wie schon erwähnt, der Sonntagsgottesdienst ausgefallen war. Nein, die alte Rosi ließ sich von solch profanen Absagen nicht erschüttern und saß mutterseelenalleine in der Kirche und betete. Lois blieb also nichts anderes übrig, als abzuwarten, wie lange das dauerte. Das Zeug hatte er in seinen alten Armeerucksack geräumt. Sogar ihm war klar, dass man sich damit besser nicht in der Öffentlichkeit sehen ließ.

Es dauerte lange, bis die alte Dame mit dem Beten fertig war. Quasi einen ganzen Rosikranz, wenn man sich das Wortspiel gestatten darf.

*

Was Lois nicht wusste, war, dass er nicht der einzige war, der sich in der Kirche versteckt hatte.

Egon saß schon seit geraumer Zeit im Chorgestühl. Irgendetwas hatte ihm gesagt, dass es den Täter zurück an den Tatort treiben würde, wo das wilde Treiben seiner Angebeteten dann zu weit getrieben worden war.

Und so sah er den ihm unbekannten Lois beim Betreten der Kirche und wie er sich in eine der hinteren Bänke setzte und wartete. Was Egon sofort auffiel: Er betete nicht, nein, er *wartete*, den Blick auf die in der ersten Reihe betende, ältere Frau gerichtet.

Egon überlegte, was das zu bedeuten hatte, kam aber auf keine schlüssige Erklärung.

Also beschloss er, sich einfach nur still zu verhalten und ebenfalls zu warten.

*

Superagent Pete war keine große, ermittlungstechnische Herausforderung für Emilie und Sunny. Obwohl er sich vorgenommen hatte, eisern zu schweigen, verplapperte er sich bereits nach etwa dreißig Sekunden. Er war eben nicht die hellste Lampe in der Fassung und dementsprechend leicht aus derselben zu bringen. Daher plapperte er weinend los wie die Mitzi nach einem dreimonatigem Sprechverbot (das sie aber nie durchgehalten hätte).

Langsam kristallisierte sich heraus, was an diesem Abend des Verbrechens geschehen war. Sunny fielen gleich zwei Steine vom Herzen — einer, weil damit klar wurde, dass Ernstl die deutsche Christusimitatorin nicht wie weiland Heiland ans Kreuz geschraubt hatte, ein zweiter, weil sein

Verdacht gegen Emilie sich ebenfalls als nicht zutreffend herausstellte. Irgendwie mochte er die Kleine mittlerweile.

„Lass sie das bloß nicht merken!", dachte er dazu still.

Was war also am Tag des Verbrechens geschehen?

Petes Gestammel war einigermaßen unzusammenhängend. Eigentlich hatten sie ihn ja nur zu seinen Fingerabdrücken am Foto vernehmen wollen. Was natürlich die Frage aufwarf, wie er eigentlich zu diesem Foto gekommen war. Es stellte sich schließlich heraus, dass er den Täter in der Kirche bei der Tat beobachtet und mehrfach fotografiert hatte. Damit war der Fall wohl gelöst. Den Ernstl würde das freuen. Sein Handy nahmen sie ihm ab, um die Bilder auszuwerten. Die hatte Bug nämlich nicht mitgeschickt gehabt. Sein Neffe ließ nach.

Emilie eröffnete Pete noch, dass er mit einer Anzeige für die Behinderung der polizeilichen Ermittlungen rechnen dürfe, sowie mit einer weiteren für unterlassene Hilfeleistung. Und wenn es ganz blöd für ihn laufen sollte, dann käme er wegen Beihilfe zur vorsätzlichen, schweren Körperverletzung auch noch dran. Ja lieber Pete, du wirst wohl mit einer Freiheitsstrafe rechnen müssen. Bedingt, wenn du Glück hast. Wenn du viel Glück hast!

„Mal nicht den Teufel an die Wand!", lachte Sunny. „Bei dem Deppen reicht es, einen Spiegel aufzuhängen."

Pete war nicht danach, in das Gelächter der beiden einzustimmen. Wie sollte er im Gefängnis überleben? Allein das Essen! Er war Mamas kulinarischer Pflegefall und würde im Knast am dritten Tag vor Hunger sterben, da war er sich sicher. Eine Existenz ohne ihr Geselchtes mit Mehlknödeln und Erdäpfelschmarren war schlicht nicht vorstellbar. Höchstens auf das Sauerkraut konnte man verzichten.

Sunny rief sofort Anwalt Prillinger an, um ihm die Ermittlungsergebnisse mitzuteilen, während Emilie die Fotos vom Handy an die Kollegen schickte.

Danach machten sie sich auf den Weg zum Haus des mutmaßlichen Täters.

Irgendwie mochte sie Sunny, dachte Emilie sich. Und:

„Lass ihn das bloß nicht merken!"

*

Die alte Rosi schlurfte mit endlos langsamen, kleinen Schrittchen aus der Kirche, wobei ihr im Schnitt im Schritt bei etwa jedem dritten ein kleines Fürzchen entwich. Gestern hatte es eben Geselchtes mit Sauerkraut zum Abendessen gegeben, eine Delikatesse mit Nebenwirkungen. Und so ging sie – pfff – ein paar Schritte – pfff – und dazwischen – pfff – und so weiter – pfff. „Wird Zeit, dass sich die alte Schaßrodl endlich schleicht!", dachte Lois und achtete darauf, dass sie ihn nicht zu Gesicht bekam.

Als sich nach endlos scheinenden Minuten die Kirchentür mit einem knarrenden Geräusch schloss, packte er endlich seinen Rucksack aus.

Von dem Beobachter im Chorgestühl merkte er nichts. Der aber auch nicht, denn der Pannen-Egon war doch tatsächlich eingeschlafen, kein Wunder nach den Anstrengungen der letzten Tage. Aber vermutlich war er trotzdem der erste und einzige, dem es auf diesen unbequemen Holzbänken je gelungen war, einzuschlafen. Die waren noch aus dem späten 18. Jahrhundert und dementsprechend für viel kleinere Menschen gebaut worden, also sehr schmal mit dem genauen Gegenteil von Beinfreiheit, sodass normal gebaute Menschen dasitzen mussten, wie eine Hamburger Schaufensterhure auf der Reeperbahn, mit breit gespreizten Beinen. Aber vielleicht wollte man ja auch schon damals vor mehr als zweihundert Jahren, dass die Kirchenbänke zu unbequem waren, um ein Einschlafen der Schäfchen zu ermöglichen. Das Einzige, was da einschlafen konnte, waren die Beine. Und Egon.

Lois merkte von all dem nichts. In der Seelenruhe eines Betrunkenen tränkte er die Tücher an den Seitenaltären mit Brandbeschleuniger (man könnte auch Benzin sagen, aber das klingt nicht so professionell) und verschüttete den

Rest unter dem Chorgestühl auf die hinteren Bänke. Das würde ein schönes Feuerchen geben und alle Beweise restlos vernichten, befand er. Wenn er Glück hatte, verschaffte ihm das dann bei der Renovierung der Kirche auch noch Arbeit. Einfach perfekt!

Einzig, dass das hässliche Kreuz dieses Künstlers den Brand überstehen würde, kotzte ihn an. Das war ja der eigentliche Grund für seine missliche Lage. Hätte er dieses grausliche Ding nicht montieren müssen, wäre er nie in diese Situation gekommen. Er beschloss, es mit dem Flaschenzug vom Sockel zu heben und neben die hintere Säule unter das Chorgestühl zu stellen. Wenn man aufpasste, stand es – wackelig zwar aber doch – auch ohne Sockel. Wenn das Chorgerüst beim Brand herunterkäme, würde es dieses dämliche Stück Schrott unter sich begraben. Ja, gute Idee! Da schaust, Heilberger, was ich mit deinem „Kunstwerk" mache!

Der heilige Markus, dessen Reliquien just in dieser Säule eingemauert waren, bekam davon nichts mit. Es war ihm zwar über die Jahrhunderte ein wenig fad geworden in der Säule, aber Heilige sind geduldig, weil sie ewig leben. Ewig ist eine ziemlich lange Zeit. „Stell dir die längste Zeit vor, die du dir vorstellen kannst!", hatte sein Religionslehrer zu Lois einmal gesagt, „Und dann stellst du dir unendlich viele solche Zeiten hintereinander vor. Das ist dann ein Bruchteil der Ewigkeit." Er hatte dann jedes Mal, wenn er wieder ewig auf den Bus warten musste, an diese Erklärung denken müssen. Wobei „Bruchteil" etwas war, das er eher von kaputt gegangenen Flaschen kannte. Egal, spielt keine Rolle. Seine Schulzeit war ewig her.

Lois ging in die Sakristei und tat das, was er schon tun wollte, seit er ein Kind gewesen war. Er trank dem Pfarrer den Messwein aus. Leider war die Flasche nur halb voll, also die mit dem Wein.

Corinna ging es langsam besser. Die Ärzte hatten beschlossen, sie langsam aus dem Tiefschlaf zu holen. Den Tubus hatte man ihr bereits entfernt, lediglich die schmerzstillenden Medikamente und Antibiotika bekam sie auch weiterhin.

Vor ihrer Tür stand seit gestern ein Sicherheitsmann, nachdem es einem Reporter einer privaten TV Station samt Handy gelungen war, zu ihr vorzudringen und ein kurzes Video zu drehen, wie sie so im Tiefschlaf und künstlich beatmet da lag. Der ORF Intendant kochte vor Wut, als er das Video in den Spätnachrichten der privaten Konkurrenz zufällig sah. Nein! Bitte fragt jetzt nicht, warum ein ORF Intendant Privatfernsehen schaut! Und das auch noch im Bett.

Jedenfalls hatte er sofort die Rechtsabteilung aus dem Bett geholt, was nicht schwer war, weil die junge Anwältin zufällig neben ihm lag (seine Frau war seit einer Woche auf einer Diätkur), und sie hatte sofort im Krankenhaus angerufen und die erstbeste Person am Telefon mit juristischen Fachausdrücken so richtig zur Schnecke gemacht, bis ihr der Portier schließlich mitteilte, dass er da wohl nicht zuständig sei und sie an die Intensivstation durchstellte.

Der langen Rede kurzer Sinn: Zu Corinna konnte jetzt keiner mehr durchschlüpfen. Zumindest so lange nicht, bis der Sicherheitsmann mal aufs Klo musste. Aber der hatte eine große Blase.

12

Dass Sunny und Emilie Lois zuhause nicht antrafen, wunderte sie irgendwie nicht. Die meisten Verbrecher warten nicht einfach, bis sie verhaftet werden. Wenn sie allerdings gewusst hätten, was er gerade vorhatte, hätten sie sich wohl etwas mehr beeilt, und der heilige Markus wäre weiterhin ungestört geblieben.

So aber schlichen sie ums Haus, spähten bei den Fenstern hinein, durchsuchten die Gartenhütte, gingen wieder nach vor, um noch einmal anzuläuten, und so weiter, und so fort.

Nach etwa einer halben Stunde kamen sie zum Schluss, dass Lois wohl wirklich nicht im Haus wäre und setzten sich ins Auto, um zurück nach Ganshofen und dann nach Wels zu fahren, damit sie endlich den Ernstl aus der Haft frei bekämen. Dumpfling lag auf dem Weg.

Es sollte noch etwas länger als geplant dauern, bis sie ihr Vorhaben verwirklichen konnten.

Der mittlerweile durch seine häusliche Vorbereitung und messweintechnische Verfeinerung dezent angeheiterte Lois beschloss, dass es nun hoch an der Zeit sei, sein Vorhaben abzuschließen. Er wollte allerdings nicht einfach sein Feuerzeug an eine benzingetränkte Stelle in der Kirche halten, nein, das wäre allzu profan gewesen, so ein Brandopfer musste in irgendeiner Form rituell und vor allem würdig von Statten gehen.

Also holte er sich aus der Sakristei den priesterlichen Umhang, der immer noch im gleichen Schrank aufbewahrt wurde wie zu seiner Ministrantenzeit, und warf ihn sich über. Danach nahm er diese Metallstange mit dem Wachsdocht am ringförmigen Ende, mit der der Pfarrer immer die Kerzen angezündet hatte, besprengte sie mit etwas Weihwasser und entzündete den Docht am ewigen Licht. Was nicht klappte, weil das mittlerweile eine Glühbirne war. Okay, dann eben mit dem Feuerzeug. So

133

gewandet und gewappnet fühlte er sich irgendwie ... heilig ... nein, das traf es nicht, aber irgendwie auserwählt, ja, auserwählt. Er war der Erwählte, dem es zukam, diese Kirche durch das Feuer von den in ihr begangenen Sünden zu reinigen!

Langsam, fast feierlich, hielt er den brennenden Docht an das mit Benzin getränkte Altartuch, das ihm diese Ehre mit einem plötzlichen, apostolisch begeisterten „Wuuuuusch" dankte und ihm dabei die Augenbrauen versengte. Dann hielt er den Docht etwas vorsichtiger noch an einige andere Stellen in der Kirche, legte sein Werkzeug beiseite, tauchte die Fingerspitzen in die Weihbrunntasse an der Kirchentür, ging zurück in die Mitte und beugte sein Knie vor dem mittlerweile lichterloh brennenden Altar.

Noch nie hatte jemand eine Kirche angemessener niedergebrannt, nie jemand würdevoller, und wohl auch nie einer betrunkener.

Er warf noch einen letzten, stolzen, etwas sentimentalen Blick zurück auf seine Inszenierung und verließ die mittlerweile an vielen Stellen lichterloh brennende Kirche.

*

Egon wachte von einem unangenehmen Brandgeruch auf.

Er hob den Kopf und traute seinen Augen nicht. Um ihn herum tobte ein flammendes Inferno. Das gesamte Kircheninnere brannte, der Heiligenschein des aus Holz geschnitzten heiligen Stefan leuchtete das erste Mal in seiner vierhundertjährigen Existenz tatsächlich, selbst das Wasser, mit dem der heilige Florian einen Brand löschte, brannte, was auch kein Wunder war, weil es ebenfalls aus Holz geschnitzt worden war.

Eines der bleiverglasten, gotischen Fenster implodierte mit einem den Lärm der Flammen übertönenden Knall, und es regnete viele kleine Glasstücke ins Kircheninnere, die aussahen wie Wassertropfen. Zwischen den Bohlen des Holzbodens des Chorgestühls, in dem Egon eingeschlafen war, mühten sich kleine Rauchwölkchen hindurch und stiegen höher, als wollten sie ihn begrüßen. Irgendwie sahen sie aus wie Weihrauch, fand er.

Egon schwitzte. Er konnte sich nicht erinnern, je in einer Kirche geschwitzt zu haben. Meistens hatte er eher gefroren, aber heute war dieses Gotteshaus das erste Mal in seiner Existenz wirklich gut beheizt, das musste man den Dumpflingern schon lassen. Und das war dann auch der Moment, wo er aus seiner surrealen Halbschlaflethargie endgültig erwachte und beschloss, sich besser aus dem Staub respektive Rauch zu machen, andernfalls er wohl selbst zum gottgefälligen Brandopfer werden würde. Wie um sein Vorhaben anzufeuern (selten passte dieses Wort so gut) gab die Kirchenorgel eine Reihe von gequälten Tönen von sich, als das Orgelgebläse aufgrund der Hitze die Luft in die Röhren drückte.

Egon stürzte die Holzstiege hinunter, was die ersten drei Stufen aphoristisch, die restlichen elf Stufen wörtlich zu verstehen ist, und landete zu seinem Glück an einer der wenigen Stellen, die noch nicht in Vollbrand standen, weil genau dort die Kirchenstühle etwas zurückrückten, wohl um am Ende der Stiege vor Bränden flüchtenden Kirchenbesuchern eine Fluchtmöglichkeit zu bieten. Anscheinend hatte man schon in der Gotik etwas von Fluchtwegen und Brandschutzplänen verstanden!

Er riss die hintere Kirchentüre auf, die eigentlich hätte versperrt sein müssen, es aber zu seinem Glück nicht war, und stolperte hustend ins Freie – in die Arme von Emilie und Sunny, die just als sie durch Dumpfling fuhren, in der Kirche ein Flackern gesehen hatten und daraufhin hielten, um die Sache näher in Augenschein zu nehmen.

Egon brauchte einige Minuten, bis er genügend Luft in den Lungen hatte, um den beiden zu erzählen, was passiert war. Er hatte jemanden beobachtet, der sich in der Kirche zu schaffen gemacht hatte, war aus Erschöpfung eingeschlafen und vom Brandgeruch geweckt worden. Ein Glück, dass er es gerade noch rechtzeitig ins Freie geschafft hatte.

Aufgrund der Personenbeschreibung stand schnell fest, dass Lois das Feuer gelegt haben musste.

Der war aber mittlerweile schon wieder am Weg nach Hause.

*

Es sprengt den Rahmen unserer Erkenntnisfähigkeit, wenn man beschreiben wollte, wie heilige Gebeine eines Evangelisten die Umwelt wahrnehmen. Auf jeden Fall aber merkte der Heilige Markus in seinem steinernen Grab, dass irgendetwas nicht so war wie in den letzten fast tausend Jahren. Und so stellte er einen Antrag auf befristete Revitalisierung seiner Sinne, der auch gleich an die entsprechende himmlische Instanz weitergeleitet wurde.

Nun darf man sich zwar die Organisation des Himmels nicht genauso vorstellen wie die eines irdischen Amts, aber auch da oben sind gewisse Regeln einzuhalten, weshalb der mit der Sache befasste Unterengel die Angelegenheit auf den Schreibtisch (eine rein geistige Entsprechung eines Schreibtisches natürlich) des Oberengels legte, der allerdings gerade mit dem täglichen Frohlocken beschäftigt war und den Antrag somit nicht sofort genehmigen konnte. Zumal eine solche Revitalisierung unter die himmlische Wundergesetzgebung fiel, die nach der Flut der Wunder vor 2000 Jahren einer Gesetzesnovelle und einer strengen Kontrolle unterzogen worden war, um die Menschheit nicht noch mehr zu exaltieren. Die Wappler sollen ohne Wunder glauben, hatte irgendjemand zwar ziemlich respektlos aber ganz richtig festgestellt.

Kurz gesagt: Der Heilige Markus musste sich noch etwas gedulden.

Indes brannte das Chorgestühl nun auch schon lichterloh, weshalb die Balken und Bohlen schließlich der Schwerkraft nachgaben und das selbige sich samt Orgel aus dem 17. Jahrhundert mit donnerndem Getöse nach unten in Bewegung setzte, um dann in einem letzten, verzweifelten, dissonanten Akkord der Orgelpfeifen kreischend am Boden der Kirche zum Stillstand zu kommen und weitgehend in Einzelteile auseinanderzufallen, was ein weiteres Klangerlebnis der beeindruckenden Art darstellte.

Das wiederum brachte das eiserne Kreuz aus dem Gleichgewicht, das sich langsam in Richtung der Säule mit dem Heiligen Markus zu neigen begann, die Bewegung immer mehr beschleunigend, nur um schließlich in diese Säule ein gewaltiges Loch zu schlagen.

*

Draußen war ganz Dumpfling in hellem Aufruhr. Dass die Hölle los war, wäre in diesem Zusammenhang eine unpassende Formulierung, aber kaum jemand blieb in seinem Haus außer dem Frandorfer Erwin, der gerade mit wenig christlicher Begeisterung einen Porno nach dem anderen schaute, weil seine Frau seit gestern im Spital lag. Eine Frauensache. Und eine Männersache auch, dachte er und lachte leise.

Als in der Kirche die Orgel ihren plötzlichen Abstieg um eine ganze Etage begann und diesen in bereits erwähntem, misstönendem Crescendo finalisierte, mischte sich in diese Symphonie des Schreckens das Geräusch der Sirene, welche die Feuerwehrler des Ortes zum Einsatz rief.

Es war ein surreales Szenario. Die brennende Kirche, explodierende Fenster, stürzende Orgeln, Balken – und schlussendlich auch herunter donnernde Kirchenglocken, aber das dauerte noch ein wenig – und dazu die Brandsirene und kurz darauf die anrückende Feuerwehr (der Weg aus dem Bauhof war nicht allzu weit) hatten eine eigene Faszination, der sich auch nach weiteren zehn Minuten das sehr schnell zur Stelle gewesene Team vom Landesstudio Oberösterreich (sie hatten in der Nachbargemeinde zufällig gerade einen Bericht vom hundertsten Geburtstag eines Gemeindebürgers gedreht und waren deshalb so schnell vor Ort) nicht entziehen konnte.

Und so kam es, dass der sehr verehrte Herr Landes-hauptmann bei seiner abendlichen Stunde (eher dreißig Minuten, aber die allgemeine Lesart war „Stunde") am

Hometrainer, während der er immer gerne ein wenig fernsah, vor Schreck von eben diesem fiel, als er das brennende Inferno von Dumpfling erblickte, was für ihn einen Sturz aus beträchtlicher Höhe darstellte.

„Nicht schon wieder!", murmelte er noch, dann raubte ihm der Schmerz seines gebrochenen Armes die Sinne.

Es ist jetzt aber bitte nicht so, dass sich in jedem Buch über Dumpfling irgendein Landesvater einen Arm bricht, das ist wirklich reiner Zufall!

Corinna sah den Bericht ebenfalls. Sie war mittlerweile deutlich auf dem Weg der Besserung und konnte bereits wieder fernsehen.

Als der Polizist vor ihrer Türe laute Geräusche aus ihrem Zimmer vernahm, stürzte er alarmiert hinein und fand eine laut lachende Patientin vor. Sie kriegte sich gar nicht mehr ein. Irgendwann beschloss ein herbeigerufener Arzt, ihr ein leichtes Beruhigungsmittel zu spritzen, was dann schlussendlich dazu führte, dass sie doch aufhörte, wie irr zu lachen und wieder einschlief – und von Beichtstühlen und Marihuana träumte. Und von noch ein paar Sachen, die man hier besser nicht im Detail beschreibt.

*

Nach etwa zwei Stunden konnte die Feuerwehr „Brand aus" geben. Die Kirche war nur noch eine rauchende Ruine. Der Dachreiterturm war, weil aus Holz gefertigt, völlig abgebrannt und hatte die Kirchenglocken in die Freiheit entlassen, was diese sofort dazu genutzt hatten, das Zerstörungswerk des abgebrannten Chorgestühls zu vollenden, in dem sie in ganz und gar unchristlicher Weise nicht zu Himmel aufgestiegen sondern in Richtung Flammenhölle abgestürzt waren.

Versehen mit einem Feuerwehrhelm betrachteten sich Sunny und Emilie den Tatort gemeinsam mit einem Brandsachverständigen der Landesregierung, der aufgrund des ORF Berichts sofort losgefahren war. Etwas Medien-präsenz war der Karriere keinesfalls hinderlich.

Auch die Pastoralassistentin der Pfarre war mitgekommen. Sie war eher klein und sah mit ihrem zu großen Helm ein wenig aus wie Grisu oder Calimero, aber es kam keiner dazu, sich deshalb Gedanken zu machen. Oder um den Ernstl, denn der saß noch immer im Gefängnis, der Arme!

Und schuld daran war der Heilige Markus, der Evangelist. Keine Frohbotschaft für den Ernstl!

*

Da die Zeit im Himmel anders vergeht als hier auf Erden, wurde just in diesem Augenblick der Antrag abgelehnt, als die oben genannten Personen die Kirche betraten.

Und dann passierten einige Dinge in einer geradezu unwahrscheinlichen, zeitlichen Koinzidenz.

Die Pastoralassistentin begann ob der zerstörten Kirche leise zu schluchzen, Emilie und Sunny taten als würden sie es nicht hören, der Lois machte sich zuhause noch ein Bier auf und das obere, durch Kreuz und Glocken schwer beschädigte Stück der Säule brach auseinander. Ein Gewölbe musste es schon lange nicht mehr stützen, das war an dieser Stelle schon vor zwei Stunden eingestürzt.

Natürlich machte das Auseinanderbrechen der Säule einen solchen Lärm, dass alle Anwesenden sich sofort umdrehten und in die betreffende Richtung starrten. Was sie sahen, ließ die vier unwillkürlich in einer respektvollen Geste ihre Schutzhelme ab- und eine ehrfürchtige Haltung annehmen.

Aus der Säule blickte sie eine skelettierte Gestalt an. Mit rotleuchtenden Augen (dass das nur nachglühende Holzreste vom Brand waren, die in die Augenhöhlen gerieselt waren, spielt keine Rolle). Und diese Gestalt streckte den Arm nach vor (da ihn nichts mehr hielt, fiel er von selbst nach vor, aber das spielt auch keine Rolle), als wollte sie sagen: „Wehe Euch, die ihr meine ewige Ruhe gestört habt!"

Was der ganzen Szenerie eine völlig eigene Mystik verlieh, war, dass dieses Skelett in eine Decke mit Löwenmotiven gekleidet war (na gut, eingewickelt, aber das klingt nicht so geheimnisvoll). Die Pastoralassistentin war oft genug in Venedig gewesen und erkannte sofort, um wen es sich da handeln musste. Der Heilige Markus mit seinem geflügelten Löwen! Jessasmarandjosef!

Da das Weihwasser im Brand verdampft war, stieß sie ihre Finger in eine Pfütze mit Löschwasser, bekreuzigte sich und bat den Himmel um Segen und Verzeihung. Wofür auch immer. Das konnte nie schaden.

Wie der Nationalheilige der norditalienischen Stadt hier nach Dumpfling gekommen war, konnte sie nicht sagen. Aber er war da und gab ihnen ein Zeichen. Und was für eines! Einer der wichtigsten Heiligen der gesamten katholischen Kirchengeschichte gab sich in der Ruine der Dumpflinger Pfarrkirche zu erkennen, mahnend den Arm ausgestreckt! Hatte er das nicht der Sage nach auch schon in Venedig einmal getan?

Keine Frage, hier musste ein Dom errichtet werden. Oder zumindest eine Wallfahrtskirche. Samt Imbissbuden, Opferstöcken und Andenkenständen mit kleinen Markus-figuren mit ausgetrecktem Arm, um Neunzehneuroneunzig das Stück. Gefertigt in Vietnam um eineurovierzig. Ablasshandel der Neuzeit quasi. Vielleicht wirkte der Heilige ja noch ein paar kleine Wunder. Wenn nicht, würde man halt ein wenig nachhelfen müssen. Zum Wohle der Kirche natürlich!

Und dann eilte sie hinaus und verbot der Feuerwehr jedwede weitere Löschtätigkeit, rief ihren Diözesanbischof an – und gab ein langes Interview.

13

Was zwischen diesem denkwürdigen Tag und Maria Lichtmess, also innerhalb eines knappen Monats passierte, würde glatt ein eigenes Buch füllen.

Zuallererst bekam der ORF das, wofür Corinna ursprünglich nach Dumpfling angereist war: Quoten!

Die Berichterstattung zog sich über eine volle Woche. Am Tag des Brandes war alles noch ziemlich chaotisch, die Sendewagen diverser TV Sender blockierten das Dumpflinger Ortszentrum, bis sich der Bürgermeister unter motivationssteigernder, finanzieller Hilfe des ORF dazu durchrang, alle privatwirtschaftlichen Mitbewerber des staatlichen Rundfunks aus „sicherheitstechnischen Gründen" auf den dreihundert Meter entfernten, verschneiten Sportplatz zu verbannen, wo leider keine Stromversorgung zur Verfügung stand. Er ließ auch das

Laufenlassen von Motoren (und damit auch der diesel-betriebenen Stromaggregate) aus Umweltgründen verbie-ten. Das lähmte die Privatsender. Jedenfalls bis sich ein geschäftstüchtiger Anrainer, ein Landwirt, der daneben seinen Hof hatte, mit einem langen Kraftstromkabel hilfreich erwies – gegen tausend Euro täglich. Pro Sender. Verpflegung extra. Ein Schmalzbrot gefällig? Sechs Euro. Zwiebeln extra. „Aufbrennen" nennt man das dann in Anspielung auf das finanzielle Abbrennen, also Bankrott machen, und es war völlig legal.

Als die Temperaturen dann stiegen, versanken die Sende-wagen im Schlamm, was wiederum der hilfsbereite Landwirt mit seinem Traktor zu einem lukrativen Neben-verdienst nutzte.

Man brauchte keine Angst zu haben, dass der Heilige in Dumpfling nicht gut vermarktet werden würde, soviel war schnell klar!

Der ORF durfte seinen Sendewagen nachwievor direkt bei der Kirche parken, was natürlich ein großer, strategischer Vorteil bei der Berichterstattung war. Wenn irgendwo eine weiße Taube aus luftiger Höhe in die Ruine schiss, kam das sofort als „Heiliger-Geist-Wunder" in den Nachrichten.

Am Tag nach dem Inferno konnte der Täter festgenommen werden. Lois war so betrunken, dass er sich gleich einmal in den Polizeiwagen übergab, was ihm bei den Beamten zwangsläufig gewisse Sympathien verschaffte, sodass er nach dem Aussteigen am Weg ins Gefängnis unglücklicherweise zweimal stürzte und sich die Nase brach und eine blutige Lippe holte.

Für den Ernstl brachte dies alles im Gegenzug die lang ersehnte Freiheit – und leider auch eine Suspendierung wegen Rauschgiftmissbrauchs im Dienst und diverser anderer Dienstverfehlungen, die uns ja alle sattsam bekannt sind.

Aber zurück zur Berichterstattung:

Schon am nächsten Tag übernahmen auch ausländische Sender Berichte des ORF oder – was den Stromverkaufbauern besonders freute – schickten sogar eigene Sendewagen. RTL beschloss, in Dumpfling mitten im Jänner eine Grillshow mit „typisch oberösterreichischen Gerichten" wie Currywurst und Kartoffelpuffer zu veranstalten, bei der sich auch ein über die Landesgrenzen bekannter Starkoch ein Stelldichein gab und vorführte, wie man richtig grillte. Die Show musste allerdings einmal verschoben werden, weil die Deutschen vergessen hatten, um eine Feuerstättengenehmigung anzusuchen. Das muss eben alles seine Ordnung haben, auch und gerade dann, wenn jemand eine Kirche bis auf die Grundmauern niedergebrannt hat. Dafür hatte die Show dann aber fantastische Einschaltquoten, weil ein findiger Redakteur auf die Idee gekommen war, gleich auch noch ein Wettessen für scharfe Gerichte zu veranstalten. „Dumpfling Hot" war ein Renner und brachte drei Teilnehmer, welche sich eingebildet hatten, die „Brennende Bratwurst" mit einem Schärfegrad von einer Million Scoville sei doch noch verträglich, wegen Kreislaufproblemen ins Krankenhaus.

Da wollte SAT 1 natürlich nicht zurückstehen und konterte mit einer Spielshow „Fire and Ice" – und zog sich damit gleich einmal einen Schiefer ein, weil dieser Name bereits von Willy Bogner markenrechtlich geschützt war. Die Show selbst war ein voller Erfolg. Ein angeblich zufällig ausgeloster deutscher Zuseher trat bei Bewerben wie „Nägel einschlagen" oder „Schneeräumen" gegen einen Einheimischen an. Da der Schnee bereits geschmolzen gewesen war, wurden kurzerhand einige Lastwagenfuhren aus den Alpen herbeigeschafft. Der Deutsche hatte keine Chance.

PRO 7 hingegen setzte überraschenderweise genauso wie ATV auf Qualitätsjournalismus. Man konzentrierte sich von Anfang an auf den heiligen Markus und jagte eine semiwissenschaftliche Religionsgeschichtssendung nach der anderen in den Äther, wobei man es aber mit den historischen Tatsachen nicht allzu genau nahm. Merkt ja doch keiner.

Allerdings wurde man so auch in Italien auf das Erscheinen des Venediger Stadtpatrons aufmerksam – und das hatte Folgen.

*

Der gipsverstärkte Arm des sehr verehrten Herrn Landeshauptmanns zitterte vor Zorn, als er die geharnischten Protestnoten der italienischen und vatikanischen Regierungen las.

Man bestand auf der Rückgabe der Reliquien des Heiligen Markus, ohne auf den Tatbestand hinzuweisen, dass man diese ja im ersten Jahrtausend selbst aus dem Morgenlande gestohlen hatte.

Die Rechtsabteilung beruhigte den Landeshauptmann aber prompt. Dieser Diebstahl, wenn es überhaupt einer war, sei auf jeden Fall seit über tausend Jahren verjährt, Venedig werde also ohne Markus auskommen müssen, nur keine Sorge.

Damit wäre die Angelegenheit ja zumindest juristisch erledigt gewesen, aber es war gerade Bundespräsidentenwahlkampf. Und da der kürzlich ernannte, erzkonservative, schwarze Kandidat in den Umfragen immer noch unter zehn Prozent grundelte, sah er darin die Gelegenheit, sich zu profilieren und gab ein eher unglückliches Interview, indem er den Italienern mehr als deutlich sagte, dass sie

Österreich schon den Ötzi gefladert hatten und beim Markus gefälligst das Maul halten sollten. Er hatte insofern Erfolg, als dass seine Umfragewerte sofort um fünf Prozentpunkte kletterten, weil der freiheitliche Kandidat ein derart deutliches „Mir san mir!" Statement vermissen ließ.

So führte die eher unglückliche Ansage des Kandidaten zu einer veritablen, diplomatischen Verwicklung. Italien erwog sogar kurz, für Österreicher die Visapflicht einzuführen, worauf Österreich einige Parmalat Lastkraftwagen einer genaueren und vor allem ziemlich lange dauernden, verkehrstechnischen Untersuchung zuführte, bis die Milch verdorben war, und Italien die Visapflicht nun doch nicht einführte.

Die Situation schien verfahren. Aber wozu haben wir in Österreich Leute, die sich mit verfahrenen Situationen auskennen, weil sie lange genug im Kreis herumgefahren sind? Was niemand erwartet hätte, geschah. Ausgerechnet ein ehe- und dreimaliger Automobilweltmeister mit jeder Menge Branderfahrung meinte in einem vielbeachteten Interview mit strenger, nüchterner Logik, wie es eben seine Art war, man sollte den Knochehaufen einfach aufteilen, damit endlich Ruhe sei. Seine private Fluglinie führte zu diesem Zeitpunkt jeden Tag Sonderflüge ab und nach Linz durch, sein Statement war diesbezüglich also wohl wenig durchdacht. Aber vielleicht flog er ja auch Venedig an und dachte schon weiter.

Seine Idee wurde prompt aufgegriffen und man vereinbarte, dass Venedig einen Teil des Schädels und die Hälfte der Rippen, einen Arm und ein Bein bekommen würde und dafür Dumpfling beim Neubau der Wallfahrtskirche samt Wassergraben (der heilige Markus sollte auch in Dumpfling ein wenig venezianisches Flair genießen dürfen) finanziell unterstützen würde. Eine wahrhaft salomonische Lösung!

Die weitere Anregung des Exkreisfahrers, man sollte die Vermarktung an Bernie Ecclestone verkaufen, griff man aber nicht auf. Man hatte wohl Angst vor einem allzu undurchsichtigen Reglement bei der Vermarktung.

Dafür bot der weltgrößte Hersteller von Energydrinks an, die restlichen Kosten für den Kirchenneubau zu übernehmen, was man umgehend akzeptierte. Die wenigen Bedingungen – das Dach sollte in den Farben des Getränks gedeckt werden und zu Pfingsten wollte man den Tauben werbewirksam Flügel verleihen – akzeptierte man in Anbetracht der damit erreichten Lösung der Finanzierungsfrage gerne.

Den Vogel schoss dann ausgerechnet der Bürgermeister ab, der einige Jahre zuvor den Jakobsweg gegangen war. Warum den neu entstehenden Wallfahrtsort nicht zu einer Station dieses ultimativen Pilgerpfades machen?

Und so würde aus einem kleinen, verschlafenen Ort im oberösterreichischen Zentralraum ein Wallfahrtsort der ersten Kategorie werden. Da hieß es selbst für Maria Zell sich warm anzuziehen!

*

Der arme, gebeutelte Ernstl wusste, dass er mit ziemlicher Sicherheit seinen Job verlieren würde. Aus war es mit der Lebensstellung, er hätte sich nie auf dieses deutsche Luder einlassen dürfen. Und verkühlt war er auch noch, weil oben erwähntes Warmanziehen mangels genügend Kleidung in der kalten Zelle nicht möglich gewesen war.

Sunny bot ihm sofort einen Schnaps und danach an, in seiner Detektei Partner zu werden. Er hatte nach den letzten Vorkommnissen eine Idee geboren: Das Detektivgeschäft war ein Standbein, aber das große Geld wollte er in Zukunft mit dem Thema Sicherheit verdienen. Personenschutz, Sicherheitsberatung, Alarmanlagenberatung – und was sonst noch so dazugehörte. Ernstl dachte gar nicht lange darüber nach und willigte ein. Und dann fragten sie Emilie, ob sie auch dabei wäre. Die Antwort muss man wörtlich niederschreiben:

„Ernstl, ich finde es nicht gut, wenn Ehepartner in der gleichen Firma arbeiten, oder?"

Dabei spielte sie wie unabsichtlich mit ihren Handschellen.

Epilog

Jetzt sind nicht mehr viele Fragen offen, oder? Naja, einige doch.

Corinna erholte sich schnell wieder vollständig und setzte ihre Karriere beim ORF fort (und ihren Körper ein), sodass sie in einigen Jahren mit Sicherheit ein ziemlich hohes Tier sein würde. Quasi ein deutscher Schäferstündchenhund im österreichischen Rundherumfunk.

Lois wanderte für viele Jahre hinter Gitter. Die Liste seiner Verbrechen war lang: Versuchter Totschlag, vorsätzliche Allgemeingefährdung in einem besonders gefährlichen Fall, Sachbeschädigung, und so weiter. Samt einer Zivilklage des Künstlers, dessen Kreuz er zerstört hatte.

Pete kam eher glimpflich davon. Er bekam eine bedingte Freiheitsstrafe wegen Behinderung der Justiz, unterlassener Hilfeleistung und versuchter Erpressung – und von seiner Mama ein paar Ohrfeigen, die er deutlich länger nicht vergessen würde, der Rotzbub, der depperte! Da bemuttert und erzieht man das Gfrast ein Leben lang, und dann dankt er es einem so!

Unser Pannen-Egon kündigte beim ORF und verkaufte seine Story exklusiv gleich an mehrere Sendeanstalten und

Verlage, worauf die Anwalts- und Gerichtskosten wegen der Rechteverletzungen das Honorar größtenteils wieder auffraßen.

Sunnys Sicherheitsfirma wurde ein Renner. Da in Dumpfling immer auch irgendwelche selbsternannten Prominenten herumliefen, waren seine Dienste sehr gefragt. Er hatte bald über zehn freie Mitarbeiter, und an seiner Wand hingen Bilder mit den Stars, für deren Schutz er sorgen durfte. Besonders stolz war er auf ein Bild, bei dem er an einem heißen Sommertag im Schatten unter Pamela Andersons Brüsten stand.

Der Pepi-Bürgermeister versöhnte sich mit dem sehr verehrten Herrn Landeshauptmann, was in Anbetracht des neuen Tourismusmagneten im Land nicht verwunderlich war. Irgendwann landete der Pepi sogar im Landtag, wo er noch weniger anrichten konnte als in Dumpfling. Aber dafür waren dort die Männer unter sich.

Und Ernstl heiratete in der Tat seine Emilie (oder umgekehrt), wobei er sich nicht ganz sicher war, was er tatsächlich vorziehen würde: Handschellen oder Eheringe. Und so wählte er die Eheringe auch in Form kleiner Handschellen. Es wurde eine sehr glückliche Zweisamkeit. Sie war glücklich und er zweisam, und das nicht immer mit ihr. Wenn sie ihm mal draufkommen sollte, wird das ein eigenes Buch. Ein Horrorthriller vermutlich. Ohne glückliches Ende, fürchte ich.

Nur eines wusste Ernstl ganz genau: Er würde nie wieder in einer Kirche etwas anderes tun als beten.

ENDE

Impressum:

Inhalt © Dipl. Ing. Günter Leitenbauer

Email: guenter@leitenbauer.net

ISBN: 9783837082265

Herstellung und Verlag:
BoD - Books on Demand, Norderstedt